거꾸로
기울여보다

거꾸로 기울여보다

1판 1쇄 발행	2022년 10월 3일
지은이	이예경
발행인	이선우
펴낸곳	도서출판 선우미디어

등록 | 1997. 8. 7 제305-2014-000020
02643 서울시 동대문구 장한로 12길 40, 101동 203호.
☎ 2272-3351, 3352 팩스: 2272-5540
sunwoome@hanmail.net
Printed in Korea ⓒ 2022. 이예경

값 13,000원

ISBN 978-89-5658-714-1 03810

거꾸로
기울여보다

이예경 수필집

선우미디어

집에서 5분 거리에 과천도서관이 있다. 딸애가 대학에 들어
간 1991년 어느 봄날, 공원에 걸린 현수막을 보고 유명 소설가
의 특강에 갔던 것은 우연이었다. '율목 독서회'를 알게 되어 심
층적인 독서토론에 재미를 붙였고, 문집 출간에도 참여했다. 그
때 과천에 살았던 윤모촌 선생님을 만나 글쓰기도 배우기 시작
했다. 2년 뒤에 수필의 남태령을 넘었다고 모촌 선생님이 '남태
령수필동인회'란 이름을 지어주셨다. 율목시민문학상을 받은
것이 전환점이 되어 나는 본격적으로 수필의 길에 들어서게 되
었다.

세기의 역병으로 외출이 줄자 일상이 여유를 찾았다. 옷이 많
아지면 옷장이 필요하고 책이 넘치면 새 책장을 마련하듯, 쌓여
진 수필들이 책에 담겼다. 《거꾸로 기울여보다》 수필집의 내
용은 크게 4부로 나누어진다. 1부 〈내 마음에 살구나무가 자란

다〉에서는 자신의 삶을 돌아보며 나의 좌표가 어디까지 왔을까 그려보았고, 2부 〈말벌과 함께 상상하는 날〉은 도시 생활에서 천혜의 요새인 자연의 울타리를 넘나들며 위로와 치유, 깨달음과 휴식으로 인생의 계단참이 되어 주는 단편적인 이야기들이다. 3부 〈7일간의 만남〉은 인생 전반에서 삶의 애환, 마음의 옹이가 되었던 체험들을 다시 더듬어보았다. 4부 〈나를 고발한다〉는 다가오는 후반전 인생에서 익어가는 현재와 아울러 미래의 다양한 희비쌍곡선을 둘러본 것이다.

다시 거꾸로 기울여 보니 당시에는 노력으로 얻어진 일이라 생각했던 것이 사실은 운이 좋았던 것, 잘한 줄 알았던 일이 나중에는 별것이 아니기도 했다. 어떤 일은 그때는 당연하다고 지나갔는데, 이제 보니 꽤 잘한 축에 들었다. 세월이 지나야만 알아지는 인생에 대한 다양한 색깔은 어떻게 해석하는가에 따라 달리 보인다. 글쓰기에 시간이란 약이 뿌려지면 발효되어 한 권의 책으로 변하는 것일까.

사람마다 자신 안에 있었지만 잊고 지내 온 것이 있다. 하지만 그것들을 다시 기억하고 지켜낼 때 비로소 자신을 찾을 수 있을 것이다. 누가 뭐래도 내 인생의 주인이 바로 나였다는 것을 이제 느낀다. 한동안 줌(zoom)으로 모이던 독서회는 지난달부터 도서관에서 대면 모임으로 다시 시작했다. 지나고 보니 30

년도 후딱이다.

　독서의 지평을 넓혀준 율목독서회, 존경하는 윤모촌 선생님, 긴 세월 성심성의껏 수필 합평을 해준 남태령수필동인들과 그 모임을 열정으로 이끌어 준 이경은 수필가, 사이다 대화로 글문의 실마리를 보여주던 한필애 시인 그리고 평론을 써주신 장호병 교수님께는 물론 선우미디어 이선우 대표님의 정성 어린 수고에도 넘치는 감사를 전해 드립니다.

2022년 9월에

이예경

차례

4 나를 고발한다

1

내 마음에
살구나무가 자란다

보디가드 인생

장례식장에서 마주친 남편 친구들은 툭하면 내게 "항상 보디 가드랑 다니니 얼마나 든든하십니까."라고 인사한다. "보디가 드라고요? 만취하면 제가 운전해서 모시고 가는데요?" 착각도 잘하지. 어쩌다가 나도 모르게 나온 대답이다.

문상 후 나는 복도 휴게실에서 책을 보며 기다린다. 남편은 아내가 사회생활의 윤활유라며 함께 다니는 게 좋다고 말하지 만, 실상은 친구들과 약주를 들고나면 운전사가 필요하기 때문 이다. 나 역시 남편의 음주운전이 걱정되어 기꺼이 그림자 역할 을 해왔다.

하지만 내가 척추수술 후 몸조리를 하느라 한동안 그림자 역 할을 하지 못했다. 때마침 조카 두 명이 결혼식을 치렀고 각종 모임이 있었지만 모두 생략했다. 그런데 이상한 것은 그림자가 따라가지 않았어도 큰일이 나지 않았다는 사실이다. 함께 모시고 있던 중풍 환자 시어머님도 작은아들네로 거처를 옮기셨지만 별 일 없이 잘 지내셨다.

몸조리 3개월간 내가 살림은커녕 거의 누워서 지내야 하니 도우미를 구해야 하는 상황이었는데, 남편이 직접 해보겠다는 말에 내 귀를 의심했다. 지난 40년간 조선시대 선비같이 살아온 그가 집안일에 선뜻 나설 줄은 꿈에도 예상치 못했다. 보디가드가 바뀌었다. 심지어 몸조리기간이 끝나도 설거지와 쓰레기 처리는 계속해 줄 것이라 했다.

나는 지난 40년간 맏며느리로 남편의 그림자뿐 아니라 평생 주위 사람들을 섬기며 발등의 불을 끄는 해결사로 동분서주했다. 편하게 해주려고 최선을 다하면 주위가 조용하고 따라서 내 마음도 편했다. 친척이 많으면 말도 많다고 하지만, 나는 어릴 적부터 친척이 북적이는 집을 부러워했기에, 화목한 집안으로 만들 수 있다고 생각했다. 일복도 복이라 몸이 바쁘면 바쁜 대로 뭔가 보람 있을 거라고 믿었다.

경황 중에 지나고 보니 나 자신의 일은 항상 뒷전, 줏대도 없고 그림자 같은 생활이었다. 주위 사람들만 쳐다보느라 자신을 마주해 보는 것은 신경도 쓰지 않았던 것이다. 하나를 알면서 셋을 안다고 착각하는 것이야말로 인간이 손쉽게 저지르는 실수 중 하나라고 '라 퐁테느'의 우화에도 나온다. 나 역시 생각의 어느 부분은 착각하고 살았다.

하지만 착각에는 긍정적인 힘이 있다. 그것이 매우 중요한 성장과 발전의 원동력이 되기도 한다. 자신이 이미 삶이라는 경기의 승리자라는 착각이 필수다. 밝은 생각에는 밝은 결과가 따른다는 것이다. 장애인으로 45세에 스페인 파라 배드민턴 대회 남자 단식 공동 3위 동메달, 남자복식 은메달, 혼합 복식에서 금메달을 따낸 선수가 있다. 운동 시작 후 15년 동안 잦은 부상으로 수술도 여러 차례 받았으나, 그가 얻은 승리의 메달은 착각을 다짐으로 승화시켜 피나는 노력을 한 덕분이 아니었을까. 나 역시 즐거운 결과를 상상해보면서 착각을 다짐으로 주먹을 불끈 쥐며 의식을 다잡는다.

척추 수술 후 자유롭게 살며 나는 건강을 회복했다. 회복기에 보디가드를 잘해준 그이 덕이다. 2년이란 세월도 약이 되었다. 주위에서는 아직도 수술후유증 안부를 묻지만 일상생활은 물론 등산도 잘 다니고 있다.

나는 또다시 보디가드로 복직했다.

(2021)

내 마음에 살구나무가 자란다

유월, 어느새 살구철인가 보다. 노점상에 발그레 잘 익은 살구가 바구니마다 그득하게 담겨 있다. 보자마자 입안에 고인 침을 삼키려니 내 시선이 살구에 꽂힌 것을 알아차린 과일 장사는 얼른 다가와 살구를 먹어보라고 손에 쥐어 준다. 못이기는 척 입에 넣었다.

절로 웃음이 나온다. 신맛은 어디로 갔는지 달콤하고 향기로운 살구 하나가 나를 온통 행복감에 휩싸이게 한다. 한 바구니 그득 사 들고 오는 발걸음이 빨라진다. 이걸 입에 물고 활짝 웃을 식구들 얼굴이 떠올라서….

친정집 팔판동 한옥 마당에 있던 살구나무가 떠오른다. 새봄에 꽃이 활짝 필 때 마당에 들어서면 연분홍 살구꽃 그윽한 향에 하루의 피곤이 싹 날아가곤 했다. 살구가 흐드러지게 많이 열리진 않아도 시장에서 파는 것보다 알이 크고 달았다. 어머니는 꽃말이 '아가씨의 수줍음'이라면서 살구꽃 전설을 알려주셨다.

옛날 후한의 재상 조조가 아끼는 살구나무가 있는데, 그 많던 열매가 나날이 줄어들자 머슴들을 모두 모이라고 한 후 이 맛없는 개살구나무를 베어버리라고 했다. 그때 머슴 하나가 "이 살구는 참 맛이 좋은데 아깝지 않습니까?" 해서 살구 도둑을 잡았다. 살구 맛을 아는 그가 어찌 그걸 보고만 있었으랴.

살구꽃 필 때가 꽃모종을 옮겨 심을 때라 부모님께선 꽃밭에서 오순도순 시간을 많이 보내셨다. 그런데 어느 주말, 아버지께선 화초를 솎아준다고 모종들 절반을 뽑아버렸고, 다음날엔 어머니가 여린 생명이 애처롭다며 울타리 밑에 심었다. 퇴근 후 아버지께선 꽃밭 정리가 깔끔치 않다고 다시 뽑아냈다. 화단을 가꾸는 일에서 서로가 양보가 없어서 잉꼬부부의 꽃모종 다툼이 며칠씩 가곤 했다.

살구는 좋아했지만 나무에 벌레가 많이 생겨 걱정이다. 살구나무가 가지를 남쪽으로 벋어가니 이웃집 영감님은 자기 집 지붕 위로 벌레니 낙엽이니 자꾸 떨어져 지저분하다고 톱을 들고 나타났기 때문이다. 그러나 고집쟁이 살구나무는 사정도 모르고 햇살 따라 남쪽만 좋아해서 이웃 지붕 위로 계속 가지를 뻗어갔고 이웃집 영감님은 어느 날 기어이 나뭇가지를 잘라버리고야 말았다.

　어이없었던 우리는 모두 꿀 먹은 벙어리가 되었다. 해가 바뀌자 초봄에 아버지께서 정원사를 불렀다. 트럭에 크고 작은 바윗돌을 가득 싣고 온 정원사는 커다란 살구나무부터 뽑아버리더니 가져온 바위들을 이리저리 멋있게 배열해놓으며 정원 공사를 시작했다. 대문 쪽 마당에 포도 넝쿨을 올리고 한쪽에는 철쭉이 만발하고 바위 사이로 겨울에도 죽지 않는 나무를 심는 등 사철 아름다운 정원으로 제법 모양을 갖추었다. 그러나 영산홍이 만발한 봄이 왔지만 새로 바뀐 정원이 매번 낯설었다.

　내 마음 한구석에는 살구나무가 자라고 있었다. 살구 철이면 무조건 살구를 사 오고 본다. 너무 시다고 식구들이 안 먹으면 설탕에 재워두고 나 혼자라도 먹는다. 살구 추억을 먹는 그 맛이 잠시나마 나를 태평스럽고 꿈 많던 어린 시절로 이끌어 준다.

　새콤한 살구를 깨물며 신 침이 고이고 추억과 함께 살구 향이 코끝에 감돌면서, 모종을 가지고 이리저리 뽑고 옮겨 심으며 다투시던 부모님 생각도 난다. 살다 보면 세상사에 부딪치며 속 끓는 부부싸움이 얼마나 많은가. 내가 보니 부부간에 꽃모종 다툼이야말로 가장 아름다운 싸움이 아니었나 싶다. 아옹다옹 살면서도 살구에 설탕을 치듯 달콤한 맛을 가미해가며 어울려 살아간다. 베타카로틴이 풍부한 살구가 강력한 항산화 작용, 항암 효과, 대장운동을 원활하게 해주어 호흡기질환을 개선해주는 효능도 있다니 시더라도 참고 먹어볼 만하지 않은가.

부모님 노후에는 강북을 떠나 강남의 아파트로 이사하였다. 어머니는 여가에 채색화를 배우기 시작하여 한국화의 매력에 푸욱 빠지셨다. 팔순에 대장암으로 입원하시면서 30년 동안 개인전도 평생 못 해 봤구나 한숨을 쉬니 아버지는 병만 나으라고, 다 해준다 하셨다.

2년이 훌쩍 지나갔다. 인사동의 화랑에서 어머니는 채색화 개인전을 열었다. 전시회장에 들어서니 온통 꽃 그림이다. 전면에 살구가 주렁주렁 매달린 살구나무 그림이 나를 잠깐이나마 서울 북촌 팔판동 한옥의 꽃밭으로 데려갔다. 어머니 손끝에서 다시 살아난 살구나무 정원의 모습에 탄성이 나왔다. 몸은 아파트로 이사했어도 마음속에선 계속 꽃이 가득한 살구나무 정원을 가꿔 오신 것이 흠뻑 느껴졌다.

(2016)

달콤하고도 쌉싸름한

　재동 집에서 길을 건너면 아저씨 가게가 있었다. 카메라 사진을 현상해 주는 곳이었는데 사람들은 그 가게를 디피점이라 불렀다. 나는 가게를 지나 재동 사거리를 건너 교동초등학교에 다녔다. 하굣길에 가게를 다시 지날 때면 사진을 맡기거나 찾으러 오는 창덕여중 학생들로 붐빌 때가 많았지만 아저씨는 바쁘신 중에도 항상 반겨주셨다. 때때로 암실에서 하는 사진현상 작업을 구경하는 것도 흥미로웠다. 집에 가면 숙제하랴, 동생 보랴 놀 시간이 없었기에 아저씨 가게에 잠시 들를 때면 편안하고 좋았다. 이상하게 아저씨는 사탕을 꼭 '눈깔사탕'이라 불렀다.

　초등학교 2학년이던 내게 3살짜리 동생이 있었다. 학교에서 돌아와 보면 동생이 내 책에 연필로 낙서해놓고 때로는 책장이 찢겨있기도 했다. 내가 속상해서 애기한테 버럭 소리를 질렀고 애기는 깨질 것같이 울었다. 그런데 엄마는 이유를 묻기는커녕 애기를 울렸다며 나에게만 야단을 치셨다. 억울한 나는 울면서 밖으로 나왔다. 그럴 때 아저씨 가게에 가면 아저씨는 항상 반겨주셨고 눈깔사탕 사 먹으라며 십 원을 쥐여 주셨던 것이다.

어느 날 아저씨가 엄마한테 하는 말씀을 옆에서 듣다가 창피했다. 한때 내가 매일 가게에 들렀고 집에는 갈 생각을 않다가, 눈깔사탕을 사 먹으라며 십 원을 쥐여 주면 얼른 일어나 나가더라는 것이다. 아마도 십 원을 받을 때까지 가게에 눌어붙어 있었다는 얘기 같다. 내게는 가물가물하지만, 철모르던 어린 시절의 흑역사(黑歷史)에 낯이 뜨거워졌다.

달콤한 눈깔사탕을 한입 물고 있으면 마음이 편해졌고 종일 먹어도 질리지 않았다. 1955년 당시에는 조선일보에 유괴범에 대한 기사가 심심찮게 났다. 내가 집을 나설 때마다 엄마는 "모르는 사람이 사탕을 준대도 절대 따라가지 말라."고 단단히 주의를 주셨다. 그러나 "얘야, 눈깔사탕 사줄게 나랑 같이 저기 가자."라는 말에 따라가지 않을 아이가 있었을까. 한국전쟁이 수습된 지 얼마 안 되었던 그 시절에 학교 앞 문방구에서 팔았던 눈깔사탕은 아이들에겐 최고의 즐거움 그 자체였다.

그렇다고 집에서까지 흔한 것은 아니었다. 외동이도 흔하고 남매를 둔 집이 많은 요즘과는 달리, 1950년대 당시에는 보통 집집마다 일곱에서 열 명 정도 아이를 키웠으니 오죽하면 '아들

셋에 딸 둘이면 가장 이상적'이라고 했을까. 특별한 날이 아니면 아이들 입에 일일이 눈깔사탕을 물려주는 일이 쉬운 게 아니었다.

어쩌다 손님이 오셨을 때 깡통에 든 미국산 '챰스 사탕(Charms Drops)'이 아이들에겐 최고의 선물이었다. 맛보기도 전에 단침이 나오고 입 안에 넣으면 웃음이 절로 나왔다. 사탕의 색깔 따라 맛이 다르고 향기도 달랐다. 내게 사탕은 아껴서 먹어야 하는 귀한 것이었다.

한국전쟁이 지나간 지도 어언 칠십 년이 되어간다. '고통이 축복'이라는 말을 증명이라도 하듯이 재난으로 폐허가 되었던 이 강산은 모두 복구되고 눈부신 발전으로 이제는 경제 강국이 되었다. 눈깔사탕도 역시 눈부신 발전을 했다. 챰스 사탕보다 훨씬 맛있는 사탕이 나오고, 캐릭터 사탕이니 각종 초콜릿도 가게마다 넘쳐나는 요즘 눈깔사탕은 아예 눈에 들어오지도 않는다.

요즘도 아이들이 눈깔사탕을 입에 물면 행복하다고 할까. 사탕은 충치, 비만, 당뇨의 원인이다. 사탕을 먹을 때 우리 뇌는 도파민을 분비해서 즉각적으로 기분이 좋아지게 하지만 금방 사라지므로, 행복감을 유지하기 위해서 자꾸 사탕을 찾게 된단다. 이렇게 중독 현상에 빠질 수 있어서 단것을 피하니 이젠 더 이상 사탕은 행복이 아닌지도 모른다.

하지만 난 아직 사탕에 대한 마음을 저버리고 싶지 않다. 사탕의 효능을 무시할 수는 없을 것이다. 사탕은 어르신들에게는 기억력 감퇴의 원인인 글루코오스를 차단시켜 단기기억을 향상시키고, 다친 어린아이가 사탕을 입에 물면 통증을 덜 느낀다 하고, 딸꾹질할 때도 사탕을 입안에서 녹이면 딸꾹질이 멈추게 되지 않던가.

몇 해 전 방과 후 스쿨 교사로 일할 때다. 소그룹 5명 초등학교 아동에게 영어를 가르치라는데, 첫날 테스트를 해보니 한 명 말고는 실력이 저조했다. 영어 공부 시간에 학교 진도에 맞춰 나가니 집중해서 공부를 하기는커녕 필통을 열었다 닫았다 하든가, 머리를 만지작거리든가, 그러다가 질문을 받으면 서로 얼굴만 쳐다본다. 교사는 교수법에 문제가 있나 해서 맥이 빠졌다.

나중에 이야기를 나눠보니 사실은 자기들이 영포학생 이란다. 영어를 포기했으니 영어 교사는 꼴도 보기 싫었을 게 아닌가. 문제가 심각하여 이 궁리 저 궁리를 하며 밤잠을 설쳤다. 생각 끝에 수업 시작 전에 맛있는 사탕을 한 움큼 책상 한가운데 놓아두었다. 아동들이 대뜸 다가오며 "이거 뭐에요?" 묻는다. 어릴 적 내 모습이 떠올라서 나도 모르게 웃음이 나오려 했지만 무심한 척 "공부 시간에 선생님 말씀을 잘 듣는 사람이 먹게 되겠지."라고 대답해 주었다.

아이들은 수업 시간 전인데도 미리 사탕 책상 앞에 와서 앉았고, 발표를 잘할 때나 쓰기를 잘 따라 할 때면 어김없이 사탕을 손에 쥐어 줬다. 먼 산을 보거나 장난치는 아이가 아무도 없었다. 기대보다 잘 따라와 주니 교사는 신이 났다. 아이들이 더이상 학교 영어 시간이 겁나지 않는다니 얼마나 다행인가. 사탕 발림의 찬스가 반짝 빛을 발했다.

지금은 어른이 되었을 그 아이들을 생각하면 미소가 번진다. 사탕 이상으로 달콤한 꼬마들을 키우고 있을 것이다. 아저씨가 사주신 눈깔사탕을 그렇게 좋아하던 아이도 어느새 할머니가 되었다. 이제는 손녀가 사탕, 함께 보내는 시간이 사탕같이 달콤해서 마냥 그립다. 우리 인생도 달콤하고 쌉싸름한 사탕 같았으면.

(2021)

오지랖이 몇 폭이십니까

　요양병원에 입원하신 어머니는 6인실에 계셨다. 뇌졸중으로 병원 중환자실에 계시다가 한 달 만에 오셨지만 일상생활은 아직 힘드시다. 그런데 병실에 들어가 보니 와병 상태로 누워서 해를 넘겼다며 코에 튜브를 끼고 식사를 하는 분도 계셨다. 병실에 중환자와 좀 나은 환자를 절반씩 섞어서 배치하는 이유는 알았지만 처음 가본 병실에서 상태가 어려운 중증 환자를 처음 대하니 마음이 짠했고 한편 낯설기도 했다.

　병원에 다녀온 후 콧줄을 낀 환자들 모습이 계속 눈앞에 보이니 잠자리가 편치 않았다. 기도라도 해드리고 올 생각을 왜 못했을까. 다음 방문 때는 먼저 어머님을 뵙고 간식을 떠먹여 드린 후, 옆 침대부터 인사를 드리며 기도를 해드려도 되는지 물었다. 다들 좋다고 해서 일일이 붙잡고 평안과 쾌유의 기도를 해드렸다. 환자들이 너무 기뻐하시니 내 마음도 편안해졌다. 어머니는 며느리가 온전히 어머님 곁에만 있지 않는다고 못마땅하시다. "웬 오지랖이냐?", "오지랖이 대체 몇 폭이냐?"고 투정을 하셨다.

졸지에 내가 상관없는 일에 여기저기 참견하고 나서는 오지랖 아줌마가 되었다. 오지랖은 원래 옷의 앞자락인데, 앞자락이 넓으면 그만큼 다른 옷을 많이 덮게 되니 이런 모양을 남의 일에 간섭하는 사람의 성격에 빗대어 표현한 것이니 그다지 좋은 뜻은 아니다. 병원에서 어떤 요양사는 할아버지 환자들이 청하므로 자상하게 잔심부름을 해드리고 기도를 해드리는데 때로는 역효과가 나기도 해서 누가 누구를 좋아한다는 헛소문이 나돌더라고 했다.

오지랖과 관심의 차이는 무엇일까. 남이 친절을 베풀 때 받는 사람이 좋아하면 관심이지만, 그것을 부담스러워하면 오지랖이다. 명절에 친척들이 만나면 서로 안부를 묻게 되는데 어른들은 자주 못 보는 조카들에게 관심을 보이려고 인사로 하는 말이 때로는 언짢은 오지랖이 될 수가 있다. '살 빠졌다', '핼쑥하다' 등의 외모에 관한 것이라든가, 취준생에게 '취직은 언제 하나?' '결혼은 언제 하냐?'라는 말은 배려가 부족한 오지랖일 것이다. 그러니까 받는 사람이 느끼는 감정이 기준이 될 것이다.

오죽하면 요즘 새로 개정된 형법에 '자존심 손상죄'가 생겼다는 우스개가 있을까. 입시철에 자녀들이 서울대에 들어갔느냐고 묻는 죄는 징역 5년, 어디로 유학 갔는지 물으면 7년형, 아들딸이 언제 결혼하느냐고 묻는 죄가 징역 10년, 손자·손녀를 보았냐고 묻는 죄는 징역 15년, 자식 취직했느냐고 묻는 죄 무기징역이라니 오지랖은 모두 유죄다.

젊은 시절, 외국 생활 중에는 오지랖이 한없이 그리운 적도 있었다. 잔소리해 주고 관심을 가져주는 사람은커녕 모르는 일에 부딪쳐도 물어볼 데라곤 없었다. 남편이 학회 참석차 일주일간 출장을 갔을 때는 애기가 열이 오르고 아파서 밤새 같이 울며 걱정하다가 최악의 경우 내가 죽어도 며칠 동안 아무도 모르겠구나 생각하니 괜히 목이 메고 소름이 돋았다.

한 세대 전까지는 한국인들이 오지랖이 넓어서 문제라고 했지만 오늘날 개인주의 사회에서는 그것이 문제가 아니라 자기와 관계없는 사람에게는 좀처럼 눈길도 주지 않는 무관심이 더 문제라고 한다. 새로 지은 아파트도 이웃 간에 서로 마주치지 않도록 동선이 분리되어야 인기가 있다. 코로나 팬데믹의 거리두기를 미리 알고 그렇게 지었을까.

관심은 어떤 것에 마음이 끌려 주의를 기울이고, 오지랖은 지나치게 주의를 기울인다. 그러다 보면 누구보다 관심을 많이 가져주는 사람을 괴롭히는 사람이라고 오해할 수도 있다. 사람들은 남의 일에 참견하고 훈수 두기를 좋아하는 동시에 남에게서 간섭받기를 싫어하기 때문이다. 좋으면 관심, 싫으면 오지랖. 결국 관심과 오지랖은 한끗 차이다.

(2022)

아버지의 시간에 살다

아버지를 만난 것은 다섯 살 크리스마스 때다. 부산 동광동에 살 때 어느 어스름한 저녁, 골목길 앞에서 내 이름을 부르는 군복 입은 키다리 아버지에게 훌쩍 안겼었다. 그 날 찍은 가족사진을 지금도 꺼내 본다.

육이오 때 헤어진 후 2년 넘어 연락 두절로 생사를 모르고 지내던 중. 아버지가 강원도에서 조선일보에 이산가족 찾기 기사를 냈다. 대구에 사는 큰할아버지가 그 기사를 들고 부산 국제시장에 왔다. 조카며느리가 거기서 화장품 장사를 한다는 소문만 듣고 찾아왔으나 만나지는 못하고 신문 기사만 이웃 점포에 맡기고 갔다. 어머니가 답장을 보내면서 아버지와 연결이 되었다.

얼마 후 아버지는 통역관 일을 접고 부산에 오셔서 함께 살았다. 온 가족 나들이로 대중목욕탕에 갔을 때다. 욕탕에서 머리를 감는데 갑자기 "불이야!" 소리가 들리더니 소란해졌다. 겨울이었는데 옷도 제대로 입지 않고 사람들이 밖으로 뛰쳐나가는 북새통에서 어머니는 비누 거품을 천천히 헹궈 내고 침착하게 옷을 다 입고 거의 끝 무렵에 밖으로 나왔다. 사색이 다 되었던 아버지는 우리를 보자마자 와락 껴안았다. 별별 상상을 다 하셨나 보다.

아버지가 운크라(UNCRA)에 다니실 때다. 어느 날 초저녁잠이 깨어보니 나는 웬일인지 보통 때 아끼던 구두에 코트까지 입고 있었다. 창밖에는 온 하늘이 새빨갛고 하얀 종이들이 새 떼 같이 떠다녔다. 아버지는 이삿짐 보따리를 짊어지면서 부산 국제시장에 큰불이 났다고 하셨다. 어깨에 나를 얹고 쌀자루와 이불 보따리를 양손에 들고 아우성치는 인파 속을 헤쳐 갔다. 한참 가다가 뒤를 돌아보니 전봇대며 내가 살던 집이며 모두가 새빨갛게 달궈진 숯덩이 같았다.

그렇게 얼마를 갔을까. 조용한 골목길에 들어서자 어떤 구멍가게 옆에다 짐들을 내려놓고, 아버지가 돌아올 때까지 그 위에 앉아 기다리라고 했다. 한참 지나 구멍가게 불이 꺼졌고 깜깜한데 나는 주위를 둘러봐도 아무도 안 보였다. 얼마를 기다렸는지 모르겠다. 잠결에 아버지 등에 업혀서 어떤 한옥으로 들어갔던 생각이 난다. 나중에 들으니 여관을 구하러 가는 동안 골목길에 잠시 아이와 짐을 내려놓았던 것인데 다시 와보니 아이는 잠들었고 쌀자루는 몽땅 도둑맞았다고 했다.

이사 갔던 부산 보수동 집에서 나는 여섯 살이 되었고, 어머니는 둘째를 순산하셨다. 독차지했던 엄마 품에는 항상 아기가 안겨있으니 아쉬운 대로 나는 엄마 등에 내 등을 붙이고 잤다. 추운 날이면 아버지가 주전자로 뜨거운 물을 유담보라는 양철통에 부었고 다다미방에서 살던 우리는 그걸 수건으로 싸서 안고 따뜻하게 잠들었다.

어느 날 내가 동네 친구들과 놀다가 어둑해져서 집에 돌아오니 할아버지 할머니와 온 가족이 저녁 식사 중이었다. 내 배에선 허기로 쪼르륵 소리가 나는데 아버지는 귀가 시간이 너무 늦었다며 방구석을 가리켰다. 물이 채워진 유담보를 들고 벌을 서면서 쫄쫄 울었다. 난생처음으로 아버지의 엄하신 이면을 알게 되었고 그때부터 나는 아버지 말씀이라면 절대 거역을 하지 못했다.

봄이 오자 아버지가 꽃모종을 구해 와서 마당 한쪽에 심었다. 떡잎 모양이 제각각인 것이 예뻤고 계속 또 다른 잎사귀가 나오면서 하루하루 커지는 것이 신기했다. 아버지와 같이 날마다 물을 뿌려주었다. 그런데 꽃이 피기도 전에 우리는 동광동으로 이사를 했고 나는 초등학생이 되었다. 아버지는 운크라가 서울로 이사하는 바람에 먼저 서울로 올라가셨다.

어머니는 내가 1학년을 마치자 이삿짐을 싸기 시작했다. 내게는 학교에 가서 전학 증명서를 떼어오라고 했다. 서울행 기차를 탔다. 돌이 지난 동생은 아장아장 기차 안을 돌아다니더니 아버지와 똑같은 가죽 잠바를 입은 남자에게 아빠라 부르며 자꾸만 매달린다. 나는 창피해서 아기를 잡으려고 따라다녔다. 자리에 와보니 어머니가 눈물을 글썽이며 전쟁 통에 아버지를 못 만났더라면 어쩔 뻔했겠냐고 하셨다. 그날 밤 우리는 깜깜한 서울역에서 진짜 아버지를 만났다.

서울에서 초등학교 2학년으로 전학, 나는 그때부터 아버지께서 사다 주신 어린이잡지 '새 벗' '만화세계'의 오랜 애독자가 되었다. 저학년 때는 주로 어머니께서 숙제를 봐주신 후에 응용문제를 내고 풀어보라 하셨지만, 고학년이 되어서는 저녁마다 아버지께서 손수 문제 풀이를 해주셨다. 육이오 전에 교편생활을 하셨던 아버지께서는 교육에 열성이셨다.

6학년 때, 내가 입시 공부를 마치고 어스름한 저녁 귀갓길에 재동 네거리에 이르면, 건널목 건너편에 맏딸을 마중 오신 아버지가 눈에 들어왔다. 무거운 책가방을 받아 들으시고 다른 한 손을 내밀면 나는 키 큰 아버지 손에 믿거라 매달려 세상에 부러운 게 없었다. 중학교에 합격하였을 때는 부모님께서 무척 기뻐하셨다. 심지어 동네 사람과 마주치면 묻지도 않는데 '경기여중 합격' 자랑부터 하셨다.

가족 나들이를 가려면 식구가 많아서 택시가 두 대라야 했다. 주말에는 때때로 맛집을 찾아가고 여름이면 강나루에서 수영, 겨울이면 스케이트장, 언젠가는 애기가 있어 비행기를 타고 온 가족이 포항 해수욕장에 간 적도 있었다. 휴가를 다녀오니 한 달 봉급이 날아갔다고 하시면서도 1960년대에서 70년대까지 철마다 가족 나들이를 다니며 추억을 쌓았다.

여학교 때 한동안 한강에 배를 띄우고 아버지를 따라 낚시를 했다. 겁이 많았던 나는 지렁이를 낚싯바늘 끝에 끼우지도 못해서 아버지가 일일이 내 시중을 들어주셨다. 종일 낚싯줄을 드리우고 찌가 흔들릴 때까지 기다리다 보면 어느새 하루가 지나갔다. 아버지는 잠시나마 복잡한 일상사를 잊고 머리를 식히는 듯했다. 여러 해가 지난 후 그 일이 갑자기 떠올랐을 때 내가 아들이었더라면 훨씬 든든하고 기쁘셨을 아버지 생각이 나서 너무나 죄송했고 가슴 한쪽이 저렸다.

여대생이 되자 아버지 덕에 종로 거리의 다방이니 음악 감상실을 처음 구경했다. 나는 아버지와 비밀을 터놓고 지냈기에 남학생에게서 온 편지도 모두 보여드리며 대책도 아닌 대책을 함께 의논했다. 아버지는 명동의 최고급 양장점에 데려가서 투피스도 맞춰 주셨는데, 교복만 입던 여학생이 제법 숙녀티가 난다면서 웃으셨다. 당시에 철부지 딸은 남들도 다 그렇게 사는 줄 알았다.

가정교사로 아르바이트를 하며 학비를 보태는 대학 친구들이 있었다. 새로운 일을 좋아하는 나도 일을 구했다. 공부하랴 아이들 가르치랴 바쁘게 지내는데 아버지께서 부르셨다. 학비는 걱정 말라며 책을 많이 읽고 클럽활동도 하고 안목을 넓히며 자유로운 대학 생활을 보내라고 하셨다. 나는 계속 아르바이트를 원했으나 거역할 수 없어서 두말없이 아르바이트를 접었다.

결혼 후 외국에서 살던 6년 동안 아버지가 너무나 그리웠다. 편지를 보내면 빨라야 보름 후에 답장을 받았지만 부지런히 썼다. 언제부터인가 무슨 일이 생겼을 때 아버지 생각을 하면 정답 아버지의 목소리가 들려왔다. 너무나 신기했다. 귀국해서도 내 집의 무게 있는 일에는 아버지를 모시고 가야 마음이 놓였다. 아버지가 내게는 신통력 있는 분이었다.

어느 날 보고 싶던 친구들 점심 모임에 가려고 준비 중인데, 예고도 없이 갑자기 아버지가 내 집에 오셨다. 얼마 전에 퇴임하신 후 시간이 여유롭다고 하셨다. 평소같이 정성스럽게 식사를 만들어서 아버지를 모시고 길게 이야기를 나누며 편안하게 해드렸더라면 얼마나 좋았을까. 그런데 그날엔 늦게라도 친구 모임에 가고 싶은 생각에 아버지를 음식점에 모시고 가서 대접만 해드리고 이야기를 길게 나누지 못했다. 내가 왜 그리도 생각이 짧았을까. 불효막심했다고 두고두고 후회하며 잊지 못한다. 생각할 때마다 마음이 아프다.

아버지가 연로하신 후에는 집안의 여러 가지 일을 맏딸과 의논하셨다. 부동산 거래 등 중요한 날에 동행해 드린 적이 몇 번 있었다. 오래 지니고 있던 부동산을 매도하실 때는 허전한 회를 토로하셨는데 그만큼 맏딸을 미덥게 생각하셨다.

아버지는 6자매를 두셨어도 아들이 그립다는 말씀이나 섭섭한 내색을 하신 적이 한 번도 없었다. 어머니는 물론이고 딸들에게도 하나하나 외딸을 키우듯 항상 성심으로 배려해 주셨다. 딸들이 답답한 일을 겪을 때마다 자상하게 이야기를 들어주고 정답이 떠오르게 해주시던 아버지는 언제나 나의 귀인, 영원한 내 편, 항상 포근한 피난처였다.

고향에서 혈혈단신 빈손으로 서울에 왔지만 돕는 손길도 없이 자수성가하여 먼 친척들까지 챙겨주고 인덕을 베풀며 사셨던 아버지. 6공주만 키운다고 주위에서 어떤 충고를 하든 오로지 한 가정을 화목하고 아름답게 지켜주신 굳센 의지에는 세월이 갈수록 사무치게 기립박수가 절로 나온다. 동생들과 만날 때마다 이 세상 어디를 둘러봐도 영원한 멘토, 우리 아버지 같은 훌륭한 분이 세상 어디에 또 계실까 말한다. 아버지 생각이 나면 하염없이 하늘을 바라본다.

(2015)

척의 달인들

아이가 주머니에서 새까만 콩을 한 줌 꺼냈을 때는 뭔가 했다. 떼구루루 굴러가던 콩들이 어느 순간 몸을 늘여 벌레로 변하더니 도망가 버렸다. 이게 무슨 마술인가. 그러다가 1cm 미물의 지혜에 무릎을 탁 친다.

툭 건드리면 몸을 동그랗게 말고 죽은 척하며 콩인 것처럼 가만히 있는 콩벌레, 쥐며느리과인 이 벌레는 쥐 앞에선 마치 시어머니 앞의 며느리처럼 꼼짝을 못하는 척한대서 붙여진 이름이다. 혐오스럽게 보이지만, 토양오염 정화 생물로 정원에서 건강한 토양의 재건에 쓰인다니 지렁이처럼 생태계의 분해자라고할 수 있다. 그런데도 아이들에게 발견되면 주로 공굴리기, 구슬치기 등의 장난감으로 쓰이고 비비탄총에 넣어서 쏘는 등 괴롭힘을 당하니 이런 특별한 생존 방법으로 버티어 왔나 보다.

청계산에서 흔히 볼 수 있는 대벌레의 위장술은 어떠한가. 마치 풀의 마른 줄기인 척, 또는 부분적으로 갉아 먹혀 진, 또는 죽은 나뭇잎인 척, 또는 가시가 있는 나뭇가지인 척한다. 그게 정말로 곤충일까 싶어 손으로 슬쩍 건드리면 느릿느릿 걸어가는 여섯 개의 긴 다리가 나오거나, 누렇게 죽은 풀인 척하던 날개가 매혹적으로 펼쳐지며 멀리 날아가 버린다. 심지어 풀 위에 곰팡이가 슬어 생긴 듯한 작은 반점까지도 있으니 당혹스럽달까 경이롭달까. 그들은 어떻게 그리도 위장을 잘할까.

혼자서는 이동할 수 없는 식물들도 나름 자기 보호를 위한 위장술이 있다. 크리스마스 나무인 포인세티아는 새빨간 잎사귀가 꽃인 척 화려하게 벌과 나비를 유인하지만 진짜 꽃은 그 옆에 아주 작게 붙어있다. 그런가 하면 중국 남서부의 돌 틈에 살아가는 키 작은 식물, 코리달리스 헤미디센트라의 변신이 놀랍다. 황토색인 척, 잿빛인 척 주변 돌멩이 따라 변화된 색으로 돌멩이인 척 자신을 숨긴다. 말하자면 식물 카멜레온처럼 몸 색깔을 주변 환경과 같게 하면서 포식자로부터 벗어나려 하는 것이다.

내가 노인복지관 상담실에서 일할 때다. 주로 나보다 연세 드신 어르신들이 동네 사람 대하듯 반말로 다가오는 분, 전직 운운하며 권위를 내세우는 분, 한숨만 쉬고 말문을 열지 못하는 분, 여자 친구를 소개해 달라는 분까지 대면하게 되는데, 평생 살아오신 지도가 성적표같이 얼굴에 담겨 있다. 어르신보다 나이도 어린 내가 호랑이를 만난 토끼같이 속마음이 쫄기도 했지만, 상담실인지라 노숙한 척 포근한 척 친근하게 하느라 수시로 의식적인 노력이 필요했다. 그러던 것이 척하다가 삼천리를 간다던가? 해를 넘어가니 노인복지관에만 들어서면 조건반사로 나도 모르게 미소가 나오고 친근한 척 말하는 나 자신에 놀랐다.

백여 명 회원의 선임으로 단체장을 삼 년 동안 맡은 적이 있다. 하필 첫해에는 세 달 후에 지방선거라 대외적인 큰 모임 초청이 많았는데, 단체의 이미지를 위해 참석이 필수라고 했다. 내빈인사로 호명되면 활짝 웃으며 손을 들고 일어서서 인사를 하는 것인데, 수줍고 조용한 자신이 가면을 안 쓰고는 할 수 없는 일이었다. 그런 모임에 가는 길에는 번번이 나 자신은 저 멀리 보내고 새로운 단체장의 가면을 급조해서 쓸 수밖에 없다. 그 가면만 쓰면 태연하게 활발하고 자신감 있는 회장이 되기도 했다. 때로는 맥주나 막걸리도 잘 먹는 척했다. 가면일 뿐이라고 자위했으나 자꾸 해보니 그 가면이 차츰 익숙하게 다가왔다.

대선과 지방선거가 있어 후보자들의 유세와 토론이 자주 매스컴을 탄다. 지도자는 실제 가진 것보다 더 많이 가진 척하면서 유권자들의 신뢰를 얻으려 한다. 그러나 포장을 잘해도 위장으로 드러나는 경우가 있어 조선 왕조 때나 있었을 논쟁이 대선

주자들 사이에 벌어진다. 알아도 모른 척, 몰라도 아는 척하는 가면이 남에게 해를 끼치지 않는 것이라면 별문제 없을 것 같다. 하지만 상대방에게 해를 끼치는 문제라면 달라지지 않을까. 왜곡된 욕심을 앞세우다 도가 지나쳐서 사기 공갈 협박 등으로 쇠고랑을 차기도 한다.

넷플릭스 드라마 ≪오징어 게임≫에서 프런트맨은 가면을 썼을 때는 냉혈한이었다. 그러나 가면을 벗으니 그저 나약한 인간의 모습이었다. 자신이 없는 후보들은 차라리 깨끗한 척, 잘난 척하는 가면이라도 쓰는 것이 낫지 않을까. 어처구니없는 민낯을 보는 국민이 부끄럽지 않도록 말이다. 유권자들은 다양한 매체를 통해 표심을 쏟아내지만 도덕적 판단이 연결된 문제일수록 비난을 모면하고자 솔직한 응답을 꺼린다. 지난 2017년 미국의 대선에서는 표면적으로는 트럼프 지지 의사를 드러내지 않던 '샤이 트럼프'들이 투표 당일에 '몰표'를 던졌다. 너도나도 가면을 쓰니 여론조사도 한계가 드러날 수밖에 없다.

진화론적 믿음에 따르면, 생물들의 척하는 위장술은 자연선택에 의해서 수백 수천만 년 동안에 걸러진 우연한 돌연변이의 결과라 한다. 아마도 치열한 생존경쟁 속에서 대대손손 버티어 오게 한 원동력이 아닐까. 콩벌레나 대벌레, 천적의 눈을 피하고 그들이 알아채지 못하도록 나무와 잎, 돌멩이 등 여러 다른 사물에 숨겨 자기 본모습이 아닌 척한다. 뻐꾸기알은 남의 둥지에서 주인인 척 행세한다. 식물은 자신의 자리를 지키는 평화롭고 정적인 생물체로 생각되지만 척박한 환경에서도 독특한 방법으로 살아낸다. 위장 식물 역시 치열한 경쟁에서 살아남은 위대한 생존자들이 아닌가.

콩벌레 같은 미물도 콩처럼 떼구루루 변신의 재주를 부리는데, 인간이 아는 척, 있는 척, 이쁜 척 가면을 쓴다고 조물주가 뭐랄 것도 아니겠다. 어려운 환경을 잠시 비껴가게 하거나 거친 사회생활을 부드럽게 해주는 긍정효과가 있지 않은가. 일상생활에서 자연스럽게 척을 하면서 살게 되니 그것이 어쩌면 생물의 기본적인 본능이 아니었을까 생각도 해본다.

(2021)

10달러 지폐 한 장

일본 나리타공항을 거쳐 미국 앵커리지 국제공항에 도착하여 비상금 10달러 지폐를 동전으로 바꿔 공중전화로 시카고 삼촌께 미국 도착을 알렸다. 삼촌이 시카고 오헤어 공항에 좀 늦게 나왔지만 나는 드디어 13년 만에 만날 삼촌 생각에 호기심으로 주위를 둘러보았다.

초등학교 다닐 때 삼촌이 미국 유학을 갔다. "너도 크면 미국 유학을 오너라." 하던 말이 머리에 남았다. 삼촌이 미국에서 보내오는 편지에는 멋진 대학교 사진과 함께 풍요로운 미지의 세계가 펼쳐졌고, 막연하게 나도 언젠가 그런 곳에 가보면 좋겠다고 상상해보곤 했다.

대학을 마치니 곧이어 친구들의 결혼 소식이 줄줄이 날아들었지만, 나는 낮에는 교사로 저녁엔 영어 공부로 유학 준비를 하고 있었다. 부모님도 나의 외국행에 찬성이셔서 그저 공부만 잘하면 되는 줄 알았다.

그런데 5월 어느 날 부모님이 정색을 하며 맞선을 보라고 하였다. 여자는 혼기가 잠깐이기 때문에 유학보다 결혼이 우선이라며 미국 유학을 준비 중인 참한 총각이 있다는 것이다. 시큰 둥한 내게 원피스까지 새로 맞춰 입혔다. 나는 예상도 못 했던 일에 황당했지만 결국 8월 초에 식을 올리게 되었다. 이역만리에 과년한 처녀를 혼자 보내자니 걱정스러웠던 부모님의 작전에 고지식한 맏딸이 말려 들어갔다.

1971년 9월 학기에 맞춰 신랑은 먼저 미국에 도착, 나는 시 댁에서 살다가 다음 해 1972년 2월에 서울을 떠났다. 삼촌이 출국한 지 13년 만이다. 그때는 외국 가는 사람이 흔치 않을 때라 떠나면 영영 못 보는 줄 알았나 보다. 친정, 시댁의 친척들, 나의 친구들 해서 30여 명이 김포국제공항에 모여서 환송을 해 주었다. 짐이라고는 옷 가방 책가방을 하나씩 그리고 삼촌에게 드리는 선물, 그 외 비상금이라고는 친정아버지가 주신 10달러 지폐 한 장. 그나마 접어서 구두 밑창에 숨겼다. 지금 생각하면 어이없지만, 당시에는 이민자만 200달러를 허용, 그 외엔 초청 장을 받고서 외국에 가는 형식이라서 한 푼의 외화 유출도 금지되었다. 10달러가 발각되었더라면 무조건 압수되었을 것이다.

김포국제공항과는 달리 넓디넓은 미국 시카고 오헤어 공항에서 삼촌을 어떻게 만날까 싶었지만 만날 사람은 만나게 되어있다. 삼촌을 따라 저택에 도착해서 사진으로만 보던 숙모님과 사촌들을 만나 선물을 전하고 이야기를 나누며 미국 생활이 피부로 조금 느껴졌다.

다음날에는 시카고대학에 데려다 달라고 했다. 삼촌이 출근길에 나를 학교 정문에 내려 주면서 돈을 뺏길 수 있으니 엘리베이터를 흑인과 단둘이 타는 경우를 피할 것 등 갓 상경한 시골 처녀에게 하듯 여러 가지 주의할 점을 말해주었지만 미국 삼촌의 노파심에 웃음만 나왔다. 지나가는 학생들에게 물어서 여기저기 구경하며 돌아다녔다. 별의별 인종의 학생들이 다 모여 있고 건물도 많고 너무나 넓었다. 관심사인 교육 관련 시설들을 찾아가 마치 내가 시찰 나온 장학사인 양 질문을 많이 했는데도 그들은 매우 친절하게 답해주었다. 나도 조만간 이런 학교 학생이 될 수 있겠다 생각하니 마음이 부풀고 친근감이 들었다.

시카고에서 닷새를 보내고 드디어 신랑이 있는 컬럼비아에 도착하였다. 종착역에 왔으니 나는 더 이상 여행자가 아니다. 숙모가 챙겨준 전기밥솥에 당장 밥을 하고 솜씨를 발휘해서 반찬도 만들었다. 신랑이 식사를 하며 중국식당에 온 것 같다고 하였다. 그렇게 맛있다는 줄 알았더니, 식사가 너무 늦게 나온다는 뜻이었다. 혼자서 부엌일을 해본 적이 없던 나는 종일 부억에서 달그락거려야 밥상이 차려지곤 했다. 게다가 식성이 서로 달라서 어떤 음식은 느끼하다고 손도 대지 않았다. 예상치 못했던 식사 전쟁은 나를 당황케 했다.

그런데 잠시 태평스럽게 지내면서 분위기를 보니 공부는커녕 돈을 벌어야 하는 상황이었다. 신문 구직광고를 살피고 매일 전화하며 지냈지만, 취직이 쉽지 않았다. 게다가 어느 날부터 웬일인지 아침마다 메슥거려 밥을 못 먹었다. 신부의 식성이 바뀌자 신랑이 딱 자기 입맛이라며 식사 전쟁은 종지부를 찍었지만, 아기를 키울 형편이 아닌데 예상치 못한 상황에 맞닥뜨리자 신혼부부는 극심한 고민에 빠졌다. 백방으로 고심하던 신랑은 아기를 주신 신께서 먹을 것도 주실 것이라고 결론을 내렸다. 얼마 후 나는 직장을 얻었고 연말까지 저축으로는 중고 자동차를 구입하고 첫아기의 출산비에 충당할 수 있었으니 믿음대로 이루어진 셈이다.

외국에서 핵가족으로 살면서 아기를 키워보니 계속 맨땅에 헤딩하는 상황이 생겼다. 육아에 대해 의문점이 생겨도 물어볼 데도 마땅찮아 궁여지책으로 육아 책을 구해 수시로 읽었다. 남편은 60년대 베스트 셀러인 스포크 박사의 양육법을 신봉했다. 시간 맞춰 먹이고 시간 맞춰 재우고 계획대로 키우면 원하는 인성이 만들어진다는 내용인데, 나의 자연주의 한국 전통적 방법과 밀고 당기다가 툭하면 다투었다. 무엇보다도 육아가 우선이라 내 공부를 접어야 하니 마음 한쪽에 옹이가 생길 지경이었다. 부모의 육아 지식이야 어떻든 아이는 무럭무럭 커갔다.

세 식구 살림을 꾸려가려니 아기가 생후 6개월이 되자 나는 다시 직장에 나갔다. 1년간 잘 다녔는데 다음 해 9월에 둘째가 태어난 뒤로는 직장생활을 더 할 수가 없었다. 일하는 동안 두 아이를 맡기는 비용을 제하면 저축이 쉽지 않아서다. 마침 베이비시터로 이웃집 3살 아기를 내 집에서 봐주게 되어 나는 집에서 용돈을 벌었다. 아이는 자기 먹을 것을 손에 쥐고 태어난다더니, 남편의 조교봉급도 조금 올랐다. 남편의 지도교수 댁에서 애들이 커져서 더 이상 필요 없다며 아기 옷과 책, 장난감, 유모차를 물려주어 큰 도움이 되었다. 둘째 아기가 돌이 되면서 남편의 학업이 끝나 프린스턴대학 연구교수가 되었다. 네 식구는 교수아파트에 두 해 동안 살면서 숨을 돌렸다.

1977년에는 서울에 직장이 정해져서 미국을 떠났다. 10달러로 시작했던 미국 생활이었는데 아이가 둘에 각종 살림살이까지 많이도 늘어났다. 이삿짐에 아이들 동화책과 최신 장난감을 원 없이 많이 사 왔는데 한국에 오니 친구들이 관심을 보였다. 그러더니 아이들을 모아 주겠다고 어린이집을 해보라고 권했다. 5세, 6세인 내 아이를 포함하여 8명으로 시작했는데, 미국 장난감 덕인지 소문이 좋게 나서, 금방 원생이 늘어나고 성황을 이루었다. 그러나 확장일로로 나가던 어린이집을 4년 만에 접을 수밖에 없었다. 셋째가 태어났기 때문이다.

이렇게 해서 아이 셋을 키웠다. 내가 뭔가 새롭게 일을 벌이려고 할 때마다 매번 아이를 보내주시니 나의 꿈인 학업이나 사업을 이루지 못해 마음이 짜르르했다. 어찌 보면 인간사가 신의 손바닥 안에 있는 것을 나 혼자만 모르고 전전긍긍 살았나 보다. 너무 일찍 시집보냈다고 부모님께 불평을 해보지만, 그래서 뭐가 문제냐고 도리어 물음표를 찍으시니 나는 '꿀 먹은 벙어리'가 된다.

인생 경험도 없이 어리바리했던 나 또한 맨땅에 헤딩일망정 생활고와 육아를 해결하려고 두 주먹을 불끈 쥐고 살면서 인내심도 생겼고, 시야가 넓어졌고, 여러모로 생각도 깊어진 것이 사실이다. 10달러 한 장으로 시작했어도 인생이란 마라톤이고, 각자가 주인공이다.

(2021)

이사

아침 8시에 상자랑 큰 바구니를 들고 온 이삿짐센터 직원들은 전문가답게 순식간에 짐을 꾸린다. 딸네는 결혼 3년째에 짐이 많이도 늘었다. 장정 몇 명과 아주머니가 와서 짐을 싸는데, 내가 안방에 있으면 "저리 가세요." 저 방에 가도 "좀 비켜 주세요." 이건 완전 '개밥에 도토리' 취급이다.

내가 결혼 후 열네 번이나 이삿짐을 쌌던 베테랑인데도 나의 경험이 아무 도움도 안 되는 것은 자기네 방식이 다 있어서다. 그들은 딸네 살던 집을 2시간 만에 빈집으로 만들어 놓더니, 새 집에 도착하자마자 어느새 뚝딱 짐을 풀어 1시간 만에 멀쩡하게 정돈해놓았다. 직장에서 오후에 퇴근한 딸은 덕분에 마음 편하게 이사했다는데, 내가 뭘 해주었는지를 모르겠다.

나는 이사를 많이도 다녔다. 결혼하여 시댁에서 잠시 살다가 먼저 미국 유학 간 남편을 따라갈 때는 짐이라고는 고작 책가방

하나에 옷 가방 하나였다. 새살림 장만은 현금으로 현지 조달할 예정이었다. 그런데 도착해보니 남편은 기본 살림은 빌려다 놓았다며 지출을 못 하게 했다. 어디 기댈 곳 없는 외국 생활인데, 비상금이 중요하지 새살림이 중요한 게 아니라 했다. 그리고는 학생이 책도 절대 안 사고 도서관에서 빌린 책으로 공부를 하였다. 짐도 돈도 없지만 야망 부자로 살던 시절이다.

그러다가 남편의 학업이 끝나 연구직을 얻어 다른 도시로 이사를 가게 되었다. 새살림 4년 만에 두 아이가 생기니 짐도 많이 늘었다. 컬럼비아에서 프린스턴까지는 770마일인데 서울 부산 거리의 세 배가 넘는다. 가족은 비행기로 가고 이삿짐과 자동차는 소화물로 부치는 게 정답이라고 하지만, 사람이 비행기로 먼저 도착하니 짐이 올 때까지 호텔에서 기다려야 한다. 비용이 엄청나서 난감하다.

궁리 끝에 우리는 경제 수준에 맞는 방법을 찾아냈다. 이삿짐은 유홀 트럭에 실어 남편이 운전하고, 두 아이는 자가용에 태워 내가 운전하여 가는 것이다. 사흘 길인데 트럭 운전이 처음인 남편이나, 지리도 모르는 초행길에 자가용을 운전해서 돌잡이와 세 살 아기를 데리고 가야 하는 아내나 말이 안 된다. 이웃들이 펄쩍 뛰며 무모한 방법이라고 극구 말렸지만, 그때는 부부가 이십 대 젊음으로 세상 무서운 줄 모를 때였다.

핸드폰이 없던 시절이라 교신을 위해 자동차의 시그널 등을 오른쪽으로 세 번 깜빡거리면 쉬어가자는 뜻이라던가 몇 개의 암호를 정하고, 길을 잃고 헤어질 경우에 대비하여 전 재산을 둘로 나누어 현찰로 들고 가는 등, 나름대로 준비를 하였다. 실제로는 고속도로에서 길을 잘못 들어 서로 헤어져 앞이 아득했던 적도 있고, 젖먹이 아들과 세 살 된 딸애가 같이 보채고 울어대며 고속도로에서 운전 중인 내게 막무가내로 매달리는 등 힘든 일이 많았다. 러시아워를 피해 운전하느라 한밤중에 주로 달렸는데 결국 사흘이나 걸렸다. 무사히 이사가 끝이 나서 지갑을 챙겨보니 비용이 비행기로 가는 것보다 십 분의 일밖에 안 들어 피곤이 싹 날아갔다.

6년 만에 미국 생활을 접고 귀국 때는 쓰던 짐 중에 '거라지 세일'을 했는데 남은 것은 이웃들에게 나누어주었다. 정리는 시원하게 잘했지만, 내 손때가 묻은 물건들과 하나씩 이별할 때마다 한쪽 가슴이 짠했다. 마지막으로 다섯 해나 몰고 다니던 폭스바겐 자동차를 새 주인이 몰고 떠나는데 갑자기 먹먹해져서 그 차가 시야에서 사라질 때까지 하염없이 바라보았다. 묵묵히 있던 남편이 "새 주인이 아껴서 잘 쓸 거야." 하는 말에 나는 갑자기 목이 메고 눈물이 핑 돌았다.

미국을 떠나기 전날, 집에 남은 거라곤 가방 세 개. 우리는 가구도 침대도 없이 텅 빈 집에서 네 식구가 나란히 누워 천정을 바라보며 머릿속은 어느 때보다 생각이 가득했다.

미국을 떠나는 날, 이웃들에게 둘러싸여 포옹을 하고 또 하고, 두 아이들 유치원 친구들과 엄마들도 미처 못 내려온 이는 위층 복도에서 우리를 내려다보며 잘 가라고 소리치며 손을 흔들어주었다. 그때의 광경이 눈에 선하다. 이삿짐에 몸까지 다 떠나왔지만 마음 한 조각은 그곳 어디엔가 걸려 있을 것이다.

1977년 8월 말에 비행기로 하루 만에 한국에 도착했다. 그러나 이삿짐은 선편으로 부치고 왔기에, 텅 빈 아파트에서 달포 동안이나 냉장고도 없고 냄비도 가스레인지도 없이 살았다. 처음에는 엄청 불편하더니 그것도 익숙해지니까 견딜만했다. 그러다가 짐을 뭘 부쳤던지 잊어버릴쯤 이삿짐이 인천항에 도착했다. 짐이 집안에서 제자리를 찾아가니 마음도 안정을 찾았다.

그럭저럭 살다 보니 귀국하여 강산이 몇 번이나 바뀌었다. 그동안 아이들이 커가면서 집을 옮기고 책이랑 살림이랑 늘고 또 늘었다. 이사할 때마다 짐을 싸고, 풀고, 정리를 하면서 몸살을 한다. 빈손으로 왔다가 빈손으로 가는 것이 인생이라는데도, 욕심은 정리가 힘든가 보다.

그런데 결혼 후 이사를 그렇게 많이 했어도 꿈을 꾸면 내 집은 항상 팔판동 한옥, 친정집이니 이상도 하다. 결혼한 동생들도 그렇다고 한다. 어머니는 고향을 떠난 지 육십 년이 지났어도, 꿈속 집은 항상 함경도 바닷가 고향 집이라고 하신다. 아버지는 아파트에서 20여 년을 살면서도 그전에 30여 년을 살았던 팔판동 한옥에 가끔씩 다녀오신다. 이삿짐은 몸을 따라오지만 추억이나 마음까지 이사하는 것은 아닌 듯하다.

집들이 행사로 딸네 새집에서 저녁을 먹었다. 남편은 덕담을 남기라는 나의 말에, 대답은 않고 한쪽 켠 벽에 걸린 칠판에다 그림을 그린다. 기어 다니는 아기 모습 같다. 집은 장만했으니 이젠 아기만 낳으면 되겠다는 뜻. 새로운 환경으로 이사하면서 인생의 진도도 같이 나가라는 것이란다.

(2003)

요술주걱

결혼해서 삼십여 년간 단독주택에서 살던 친구는 아이들이 새 둥지를 틀자 아파트로 이사할 계획을 세웠다. 그런데 오래된 집이라 세월아 네월아 기다려도 팔리지 않으니 어쩌랴. 그러던 어느 날 생활 속의 미신이라면서 말도 되지 않는 해결책을 들었다. 주걱으로 밥을 벌어먹는 집에서 그걸 훔쳐 현관 입구에 거꾸로 걸어놓으면 집이 팔린다고 하더란다.

답답하던 차에 그녀는 당장 뷔페식당에 다녀왔고 밥풀 묻은 채로 주걱을 몰래 들고 와서 그리했다. 며칠 만에 집이 팔렸다. 그렇게 소원성취는 했으나, 오백 원짜리 플라스틱 주걱일지라도, 볼 때마다 어찌 죄책감이 없으랴. 그 뷔페식당에 밥을 몇 번 더 팔아주었단다. 요술 같은 별스러운 일이다.

주걱이 없는 집이 있을까. 주걱(周犆)은 주로 밥을 풀 때나 음식을 젓고 섞는데 쓰는 도구를 통틀어 이른다. 사람들은 언제부터 주걱을 쓰기 시작한 것일까. 경주 금관총에서 4, 5세기경의 솥이 출토되었다니 이때쯤 생겼을 확률이 높다. 처음에는 나무로 만들어졌으나, 고려 시대에 이르러 놋쇠로 바뀌었다. 요즘엔 거의 다 플라스틱 아니면 실리콘으로 만들어진다. 최근에 청자로 된 고급진 밥주걱을 선물로 받았는데 뜨거운 밥을 퍼도 환경호르몬 걱정 없고 밥알이 들러붙지 않아 편리하다. 옛날 살림 도구 중에는 사라진 품목도 많건만, 주걱은 예나 지금이나 어느 집이건 하루도 안 쓰는 날이 없이 변천되어간다.

한국의 관습적인 주걱 사용법이 있다. 솥 안의 밥을 밖에서 안쪽으로 들이 푸라고 배웠는데, 복이 밖으로 달아나지 못하게 한다는 뜻이란다. 주걱턱 관상의 경우에도 복을 들여오기 좋게 턱 모양이 발달되어 말년 운세가 좋고 특히 배우자 운이 좋다고 하는데, 실제로 주위를 돌아보면 고개가 끄덕여진다. 그래도 요즈음 외모지상주의 여자들은 성형을 하는 경우가 많다니 안쓰럽다. 주걱은 이렇게 좋은 기운이 많지만 모양도 예쁘지 않고, 값싸고 흔하다 보니 소중한 대접을 받지는 못한다. 쓰임새는 많아도 티를 내지 않으니 겸손함이 묻어난다.

어릴 적 식구가 많았던 우리 집에선 어머니가 항상 밥을 푸셨다. 밥솥을 열고 나무 주걱으로 위아래로 밥을 섞으면 아래위가 차별이 없게 밥솥 전체가 알맞게 맛 좋은 밥이 된다. 먼저 아버지 진지부터 뜨고 아이들 나이순으로 밥그릇에 담았다. 어머니는 제일 나중에 누룽지를 끓여 잡수시며 구수하고 맛이 좋다고 하셨다. 당시에는 어머니가 눌은밥을 좋아하시는 줄만 알았다. 알뜰해서 귀한 쌀을 아끼느라 그러셨던 것을 세월 지나 내 살림을 해보고야 알았다. 세월이 선생이었다.

요술을 부리는 주걱 이야기가 있다. 중국 동화인데, 할머니가 떡을 빚다가 한 개가 또르르 구멍 속으로 굴러떨어져 그것을 찾던 중 함께 구멍 속으로 빠졌다. 땅속으로 들어온 할머니는 도깨비들에게 붙잡혀갔다. 도깨비들은 밥 짓는 게 제일 귀찮다며 할머니에게 부엌일을 시켰다. 그런데 도깨비가 쓰는 주걱은 쌀 한 줌을 넣고 휘휘 젓기만 해도 커다란 솥에 한가득 밥이 되는 요술 주걱이었다. 열심히 일하며 살다 보니 날이 갈수록 할머니는 집이 그리웠고, 고향의 배고픈 사람들이 생각날 때가 많았다. 우여곡절 끝에 탈출에 성공한다. 고향에 돌아온 할머니는 요술주걱으로 밥을 지어 가난한 사람들에게 베풀면서 즐겁게 살았다.

나는 요술주걱은 없지만 주걱을 잡은 지는 수십 년이 흘렀다. 밥이 끓고 뜸 들여질 때 풍겨오는 구수한 향기는 언제나 나를 행복하게 한다. 밥을 풀 때마다 식구들 기도가 나온다. 내 주걱으로 떠주는 밥을 맛있게 먹고 무럭무럭 성장해준 식구들이 대견하다. 내 주걱은 옛날과 다름없지만, 한편으로는 그 주걱으로 퍼준 밥을 먹은 아기들이 어른으로 커져 자기들도 아이들을 키우고 있으니, 그것이 요술인 것 같기도 하다.

뜨거운 밥을 먹이려고 주걱을 든 손이 바빠진다.

(2021)

그들만의 세상

어릴 적부터였다. 예기치 못하게 수시로 찾아왔다. 육이오전쟁으로 부산으로 피난 가서 살았는데, 낮잠을 자다가 눈을 뜨니 벽 한가운데 삼각뿔 모양의 새빨간 괴물이 노란색 눈을 디룩디룩 굴리면서 나를 쳐다보고 있었다. 다섯 살 때였다. 공포에 질려서 깨질 듯이 울자 엄마가 나를 안으며, 벽에 걸린 새빨간 털 목도리를 보면서 왜 우는지 모르겠다고 하셨던 기억이 난다.

밤에 어쩌다 깨어나면 방 안이 어두운 속에서도 희끄무레하게 뭔가 움직이는 게 보였다. 한 뼘 정도 되는 난쟁이 두어 명이 창틀에서 왔다 갔다 한다. 벽에 걸린 아버지 코트의 목에서 아래쪽 주머니까지 들어갔다가 다시 나와서 소매를 타고 올라갔다가 다른 쪽 주머니에 들어가곤 하였다. 그 주머니가 난쟁이의 집인 것 같았다. 밤새 그러고 있는 걸 구경하다가 다시 깨어보면 아침인데 모두 감쪽같이 사라졌다가 툭하면 밤에 다니는 난쟁이들을 볼 수 있었다.

한옥에 살던 어릴 적, 잠들기 전에 옛날얘기 해달라고 하면 엄마의 단골 메뉴가 항상 귀신 아니면 도깨비 얘기였다. 몽당빗자루 귀신 얘기는 오싹오싹 소름이 돋았지만 너무 재미있어서 이불을 뒤집어쓰고 들었다. 당시에는 마당 한쪽에 뚝 떨어져 있는 화장실이 모두 푸세식 변기였는데 변소에 가면 촛불 귀신, 달걀귀신은 기본이고 밑 닦아주는 팔뚝 귀신이 빨간 손을 내밀까 파란 손을 내밀까 묻는다 하고, 하도 들은 얘기가 많아 공포심 때문에 아래쪽을 내려다볼 수도 없었다. 변소에 가는 게 제일 싫었다. 그때는 왜 그렇게 귀신 얘기가 유행이었는지 모르겠다.

같은 괴물이라도 어떤 도깨비는 방망이를 가지고 다니며 벼락부자로 만들어주기도 하니 모두가 무섭거나 나쁘지는 않은가 보다. 도깨비는 동화 또는 꿈속에서나 보는 줄 알았지만 비 오는 날 밤에 묘지를 지날 때 도깨비불을 봤다는 사람도 있다. 믿고 안 믿고를 떠나 부정하기는 어려웠다. 뭔지 확실히 모르니 괜히 소름이 돋는다. 어쨌든 밤에 다니는 일은 무서워서 되도록 피했다.

모리스 샌닥의 《괴물들이 사는 나라》 이야기가 흥미롭다. 늑대 옷을 입고 장난을 치는 맥스에게 엄마는 저녁밥을 안 주고 맥스를 방에 가두어 버린다. 그러자 방이 갑자기 숲이 되고 바다가 되고 세계 전체가 되어 꼬마를 괴물 나라로 데려간다. 무섭고 공격적이고 포악한 괴물들과 싸움이 벌어졌지만 용감한 맥스는 괴물 나라의 왕이 되었다. 그러나 배고픔을 못 참았던 맥스는 맛있는 냄새가 풍겨 오는 저편으로 다시 가기 위해 왕자리를 내려놓는다. 왕 노릇도 식후경이다.

'미녀와 야수'는 오만방자하고 자기밖에 모르는 왕자의 이야기다. 노파로 변장한 요정이 장미 한 송이를 내밀며 추위를 피할 수 있겠느냐고 구걸하자 노파를 내쫓는 바람에 마법에 걸려든다. 거만한 왕자는 야수로, 성과 성의 모든 생명체는 물건으로 변하게 되고, 왕자가 마법에서 풀려나는 길은 장미가 시들기 전까지 진정한 사랑을 찾아야 한다. 하지만 괴물이 사는 암흑의 성에 누가 올까. 어느 날 길을 잃고 우연히 성을 찾은 벨 아가씨는 야수의 성에서 묵게 되고, 야수의 진심을 알게 되면서 흘린 사랑의 눈물에 야수는 마법에서 풀리게 된다. 용기는 문제 해결의 열쇠였던 것이다.

하지만 그런 용기가 없는 나는 어른이 되어서도 툭하면 괴물에게 시달리는 악몽을 꾸곤 했다. 꿈에서 도둑이나 무서운 형상으로 괴물이 나타나면 너무 놀라서 잠을 깨는데, 옆에 편한 사람이 있어도 금방 현실로 돌아오지 못해 허우적거리며 진땀을

흘리곤 했다. 식구들이 귀가하지 않아 기다리는 밤에도 무서워서 베란다에도 못 나갔다. 남이 들으면 옷을 일이나 커튼이 바람에 펄럭이면 그 안에 누가 서 있는가 싶고 때로는 빨간 발이 보이기도 했으니 말이다. 어른이 되면 무서운 게 없는 줄 알았는데 너무나 창피한 일이라 누구에게 말도 못 했다.

그러던 어느 날 아들이 군대에 갔다. 정월이라 춥고 눈이 와도 신경이 쓰였고, 심약한 아들이 험하다는 군대 생활을 잘 이겨낼지 걱정이 되어 잠이 오질 않았다. 그러다 나의 마음을 어디 의지할 데가 없어 생각 끝에 동네 교회에 발길이 닿았다. 나 혼자서 하는 기도에 신의 도움이 더해지면 더 든든한 기도가 될 것을 믿었다.

어느 여름날, 우연한 기회에 영적인 체험을 했다. 그전 같으면 과학적 지식을 내세워 절대 믿을 수 없었을 일이 내게 일어난 것이다. 또한 새로이 알게 된 것은 약한 사람은 거들떠보지도 않으며 영력이 셀 때 공격을 받는 것이란다. 생각도 못 해본 그런 말에 이해는 안 가지만 기도를 더 해야 한다는 뜻으로 이해했다. 이 일을 전환점으로 어려운 일을 겪은 후 제법 담대해져서 답답한 일들은 축사 기도로 해결한다. 악몽이고 빨간 발이고 모두 다 아스라이 사라져버렸다.

이제 생각하니 밤중에 아버지 코트주머니를 들락거리던 난쟁이들이 쥐들이었다고 생각한다. 당시엔 집에 쥐가 많아 밤에는 쌀가마를 방 한가운데 놓고 잤으니 말이다. 빗자루 귀신이니 뭐니 그런 거는 1920년대 전기가 귀한 시대에 사신 어머니의 시골집이 어두워 상상력이 가미된 이야기였을 것이다. 세상이 어수룩할 때의 이야기라 격세지감을 느낀다.

그런 세상이 지나갔으니 문명의 발달이 갈수록 빨라지는 현대에는 괴물이 없을까. 사촌 동생이 스물도 못 넘기고 오토바이 사고로 숨졌을 때는 오토바이가 괴물 같았다. 숱한 교통사고를 보며 때로는 그 편리한 자동차니 트럭이니 모두가 괴물같이 보인다. 그뿐인가 당장 원자탄의 괴력이 생각나는데 이 괴력의 물건들 모두가 인간의 편리함과 욕심을 채우려는 연구로 만들어진 것이니 인간 자체가 괴물이 아닌가 싶기도 하다.

어릴 때는 실체가 없는 도깨비 괴물에 시달리다가 요즘은 눈에 보이는 문명의 이기에 피해를 당한 트라우마로 시달리기도 한다면, 현대인들이 자신이 만들어 놓은 AI도 함께 살다 보면 예상치 못한 부작용으로 괴물에 또 시달릴지도 모른다는 괜한 상상도 해본다.

괴물이 인간을 만든 것이 아니라, 인간이 괴물을 만들고 있다면 인간이 한 수 위에 있을 것이다. 그러니까 인간이 선한 괴물이 되는 것이 답이 되려나. 당장 겪고 있는 코로나19 팬데믹도

인간의 이기심으로 인한 자연환경 파괴로 만들어진 결과라고
하는데, 결국 자연에 순응하며 사는 것이 선한 괴물로 사는 길
이 아닐까 싶다.

(2021)

1인 출판사를 차렸습니다

수필동인회에서 엮은 수필 책이 나왔다. 아버지께 보여드렸더니 마침 잘 왔다시면서 책을 만들고 싶다고 하셨다. 아버지가 수상록 초안 육필 노트 몇 권을 건네주셨다. 일제강점기부터 시작되어 전쟁을 겪고 가족이 몇 번이나 생이별을 했다가 상봉하는 파란만장한 내용이다. 9년 동안 틈틈이 작성하신 글이라 어찌나 양이 많은지 아들딸은 물론 동생 가족까지 동원해서 한글 파일로 만들고서야 편집에 들어갔다.

그런데 그게 끝이 아니었다. 편지를 한 상자나 더 내놓으셨다. 육이오전쟁 지나서 이산가족 신문광고로 가족과 상봉했던 당시의 편지며 미국을 통해서 받은 이북 고향의 동생들과 친척들의 사연 등 많기도 하다. 떠난 지 60년이 지난 절절한 사연을 읽으며 목이 메었다. 사진도 상자 가득이다. 평생 찍으신 수천 장의 사진들이 모두 거실에 누워 저마다 이야기를 흘리며 뽑아

주기를 기다리고 있다. 일주일 동안 어머니의 도움으로 겨우 5
0장을 추려내며 지난 역사를 확인했다.

그런 중에 숨겨두었던 어머님의 회고록도 받게 되어 함께 묶
었다. 400여 페이지로 늘어났지만, 양성이씨 가족의 흥미진진
한 역사책이기도 했다. 9개월 후에 ≪우리 언제 다시 만날 수
있을까≫ 책을 마주한 아버지의 함박웃음에 피곤이 싹 날아갔
고, 나중에 생각하니 효도 한번 제대로 한 거였다.

옛이야기를 하실 때면 젊은이처럼 즐겁게 말씀하시는 시아버
님의 소싯적 이야기도 궁금해졌다. 혼자만 알고 있기에는 아깝
다고 글로 써주시기를 부탁드렸더니 매번 이메일로 보내주셔서
파일 작성에 큰 도움이 되었다. 자손들이 어렴풋이 알던 장씨
일가 시댁의 역사도 정리가 되었고, 부록에는 아들 손자 며느리
들도 참여했다.

아버님은 가까운 친지들과 나누면 된다고 30권이면 족하다
고 하셨다. 근엄하신 평소 모습과 달리, ≪양지마을 이야기≫
책을 손에 드신 아버님의 당당하신 미소가 우리 모두를 감동시
켰다. 인생의 정리 정돈을 끝내신 것같이 홀가분한 표정이셨다.
지나간 일생을 기록해 보는 것만으로도 기대 이상으로 뭔가 힘
이 생기는 것 같았다.

시어머님께서 갑자기 뇌졸중으로 쓰러지셨을 때는 모두가 놀

랐다. 83세에 2급 장애인이 되어 거동 불편은 물론, 글씨도 필체가 바뀌었다. 퇴원 후 내 집으로 모셔와 한 식구가 되었다. 매일 한숨을 쉬며 우울증에 빠지셨는데, 식구들이 저마다 최선을 다했어도 아무 소용이 없었다.

좋은 수가 없을까. 즐거웠던 추억으로 생각을 바꿔드리면 자존감에 도움이 될까. 그래서 틈만 생기면 어머니께서 수재로 손꼽히던 개성 호수돈여학교 시절, 칭찬받던 새댁, 육아와 육이오 전쟁 역사 등에 대해 여쭤보았다. 이야기가 막히면 앨범에서 옛날 사진을 보여드리고 설명을 열심히 받아 적었다. 그렇게 엮은 책 ≪다시 돌려보고 싶은 인생≫이 어머님 회고록이다. "이제 나도 책이 생겼구나."라시며 침대 머리맡에 두었고, 어느새 우울증도 날아갔다. 특히 200여 명의 손님을 맞으셨던 회갑연과 태국 여행 다녀왔던 사진을 흐뭇해 하셨다. 즐거운 추억이 큰 보물처럼 책에 담겨있다.

노인복지관 상담실에서 오전 근무를 할 때다. 수요일 오후에는 시 창작반에 등록했다. 수강생들은 65세에서 80대의 어르신들인데 발등의 불을 우선적으로 끄다 보니 이제야 왔단다. 학습분위기가 매우 진지했다. 시가 뭐기에 이렇게 인생 후반에 와서도 향학열로 불타는 것일까. 살림만 하던 주부, 사춘기 손주를 키우는 노인, 병수발을 들며 한숨만 쉬던 노부인, 큰 수술 후 인생관이 달라진 이, 평생 동안 강단에서 가르치신 교수, 공직에서 호령하던 고위 공무원, 옆도 볼 새 없이 고단하게 살아온 노인들 모두가 젊어서 덮어버린 시심을 들춰내 아련한 첫사랑을 살려내고 과거와 미래로 타임머신을 탄다.

우수동아리 지원금을 받았으니 동아리 시집 창간호를 출간할 희망으로 모두가 가슴에 풍선을 띄우고 계셨다. 들어온 작품이 90편인데, 손으로 써온 분, 타이핑을 해온 분, 어떤 분은 컴교실에 새로 등록하셨단다. 프로필 사진이 마땅찮아 화장을 고쳐드리며 일일이 사진을 새로 찍어드렸다. 교정을 보는 날에는 눈이 어두워 잔글씨가 안 보인다고 모두 손사래를 쳤다. 편집에 사진에 교정까지 내 손이 많이 갔지만 내겐 익숙한 일이라 무난히 마무리되었다.

시집이 나오자 모두가 생애 첫 시집이라며 기뻐하셨다. 시 창작반의 위상이 확 올라갔고 입꼬리는 모두 귀에 걸리셨다. 그때 감동으로 작년에 10집까지 이어졌고, 현재는 모두 등단 시인으로 지역문인협회 활동을 하시며 앞을 다투어 개인 시집을 출간했다.

어쩌다 시작했던 출판 일인데 모두들 박수를 치니 나는 어느새 1인 출판사의 매력에 풍덩 빠졌다. 누구나 자신의 이야기를 쓰고 싶어 하고 자신이 쓴 글로 다른 사람들과 소통하고 싶은 마음이 있을 것이다. 이제는 혼자서도 컴퓨터로 글을 쓰고 적은 비용으로 출판도 하는 시대가 되었다. 인생의 후반전을 맞아 자신이 왜 그렇게 살았는지 진솔한 이야기는 독자에게 재미를 주고, 사회적인 메시지를 전달하고, 개인적으로 긍정적인 에너지를 준다.

책을 낸다는 건 잘살고 있는지 점검해 주는 도구가 되기도 할 것이다.

(2022)

2

말벌과
함께 상상하는 날

내 인생의 계단참

오랜만에 관악산에 올랐다. 산이 좋아 과천에 이사 온 지 어
느새 30년이 넘었다. 한때는 바위가 많은 이 산으로 매일 오르
기도 했지만, 요즘엔 가파르고 험한 길이 조심스러워 발길을 끊
었던 곳이다. 그런데 십 년 만에 다시 와보니 경사가 가파른 곳
에는 어김없이 계단이 놓였다.

기대치 않았던 이런 안전장치 덕분에 여유 있게 연주암까지
오를 수 있었다. 계단 열두 개마다 계단참이 사방 1미터의 수평
면으로 설치되어 미끄러질 염려가 없고, 계단의 방향을 틀거나
휴식에 편하다. 다리를 쉬는 김에 노래까지 부르니 기분이 좋아
진다. 나이가 들어도 부부가 등산을 함께 다닐 수 있어 다행이
다.

부모님이 맞선을 보라고 했을 때 제일 먼저 궁금한 것이 상대
방의 취미였다. 북악산자락 삼청동에서 태어나 팔판동에서 자

란 나는 어릴 때부터 온 가족이 새벽마다 삼청공원에 갔고, 북악산에 자주 올랐다. 여름에는 수영을, 평소에는 노래를 하며 즐거웠다. 그래서 등산, 수영, 노래 정도의 취미가 맞으면 좋겠다고 소박하게 생각했다.

얼마 후 작약도에 나들이 가는 버스에서 당시에 유행하던 전석환의 노래책을 넘기며 이 노래 저 노래를 아는가 물으니, 뜻밖에도 그가 똑같은 노래책을 꺼내는 것이 아닌가. 그는 처음 보는 악보도 잘 읽었다. 작약도에 내려 가파른 숲을 걸어 정상에 올라 바다 경치를 내려다보며 이중창으로 책 한 권을 다 불렀다. 화음이 그럴싸했다. 수영으로 한강을 건너간 적이 있다고 했으니 세 번째 고개까지 잘 넘었다.

만난 지 두 달 만에 우리는 결혼했다. 그런데 반백 년을 살면서 금성과 화성은 어쩌면 그렇게도 다를까. 등산, 노래, 수영 말고는 맞는 것이 하나도 없다. 그런 중에도 아이는 태어났고, 오만 가지 일을 함께 치러내며 쓴맛 단맛 속에서 평생 밥을 해주며 옆을 지켰으니, 인생은 불가사의 그 자체다.

그래도 한편으로는 취미생활을 함께 해온 것이 한 줄기 도움이 되었을 것이다. 부부가 꾸준히 교회성가대 활동을 해왔고, 한국 유명 산들은 물론 중국의 명산인 태산, 삼청산, 태항산 등의 정상을 누비며 다년간 등산을 다녔다. 둥지를 떠난 아이들

가족과 해마다 해수욕을 다니고 있으니, 세 개의 시험 덕분인가 한다. 그게 바로 내 인생의 계단참이 아니었을까. 거기에 아기들 재롱까지 더 해주니 예상보다 더 큰 기쁨이다.

우리가 관악산과 청계산, 우면산으로 둘러싸인 과천에서 30년 넘어 살아온 것이 우연이 아니었다. 예나 지금이나 한적한 산에만 오르면 나이를 잊고 노래를 부르니 메아리도 따라온다. 열두 칸 계단 뒤에야 오는 한 칸 계단참이지만, 이런저런 욕심들을 내려놓으니 취미가 세 개나 맞는 것도 그저 감사할 뿐이다.

(2021)

대추나무에 걸린 사랑

　새벽에 걷기 운동을 한다. 몇 해를 같은 길로 다니다 보니 나무 하나하나가 눈에 들어온다. 그중 한 그루가 만물이 깨어나는 봄이 와도 큰 나무들 사이에서 죽은 듯이 있다가 초여름이나 되어야 겨우 잎을 내밀기 시작한다. 처음에는 그 나무의 정체를 몰랐다.

　새순이 늦으니 꽃순도 늦고, 게다가 깨알만 한 연두색 꽃이 한꺼번에 피지 않고 하나씩 연이어 핀다. 그러다 보면 벌이 떠난 뒤라 수정이 안 되는 경우가 있어, 종자가 없는 것도 꽤 많다고 한다. 그래서인가 이 꽃에는 꿀이 아주 많다니 자연의 이치가 경이롭다.

　열매가 많이 열리게 하려고 이 나무를 시집보내기 하는 풍속도 있다. 가지 사이마다 돌을 잔뜩 끼운다니 상징적인 음양의 이치인가보다. 끼워진 돌로 나무껍질 부분이 눌리게 되면 위에서 내려가던 탄소와 아래에서 올라오던 질소는 길이 막혀, 결국 나뭇가지에 탄소가 많아지면서 열매가 잘 열리게 된다는 것이다. 또 단옷날에는 도끼로 과일나무의 가지를 내려치기도 하고 이 나무에 가축을 매어 두기도 했는데, 나무는 스트레스를 받으면서 위기의식을 느껴 종자를 남기려고 열매를 많이 매단다고 한다. 선조들의 이러한 풍습이 오늘날 생태과학으로 증명이 되고 있으니, 사랑의 매는 이런 나무에도 적용이 되는가. 미신같이 들리던 말들이 사실은 지혜였다.

이라크의 '사조나무'는 건조한 황무지에서만 자라는 대추나무로, 뿌리가 수분을 찾아 땅속 30m 밑으로 파고 내려 염분층에 뿌리를 박고 열매를 맺는다. 열매는 작지만 달고, 향기도 강하며, 자양도 몇 곱절 많다. 옛날 전쟁에서 병사들은 이 대추만 먹고도 석 달을 싸울 수 있었다. 대상들이 사막에서 길 잃고 헤매게 되면 이 사조 대추만으로도 몇 달을 버티어 냈다고 한다. 사막 대추는 생명이다.

대추나무는 벼락을 맞게 되면 매우 단단해져서 도끼나 톱으로도 쪼개거나 자를 수 없을 정도라고 한다. 벽조목으로 불리는 그 나무로 도장을 만드는데, 악귀를 쫓아주어 사업이 번창한다며 귀하게 쓰인다고 하니 죽어서도 제 몫을 다 한다.

그런데 대추나무가 햇빛을 제대로 받지 못하면 '빗자루 병'에 걸린다. 꽃이 피었던 자리에 열매는 맺히지 않고, 대신에 자잘한 이파리들이 나오거나 나뭇가지가 여러 갈래로 자라나는 이 병은 치료 방법도 없어 '미친 나무'라 불린다. 인간으로 치면 암에 걸린 것이리라. 암세포를 사랑받지 못한 세포라고 하지 않는가. 성경에서도 믿음, 소망, 사랑 중에 제일이 사랑이라는데, 그 사랑이 없으니 미칠 지경이 되었나. 유일한 해결책이 베어버리는 것이라 한다.

사랑받고 싶은데 못 받으면 사람도 미칠 것인데 나무도 똑같다. 게다가 쓸모없다고 베임까지 당하다니…. 대추나무에 대해 이런저런 사실을 알고서 새삼스레 느껴지는 것은 고통이 인생에 중요한 부분이지만, 사람이나 나무나 사랑 속에서라야 그 존재가 완성되며 의미를 갖게 된다는 것이다.

(1997)

까치

서울의 아파트에서 살다가, 공기 맑은 동네를 찾아 과천에 머물게 된 지 7년이 넘었다. 서울에서 경기도와 경계를 이룬 남태령을 넘어오면, 시야에 펼쳐지는 색깔과 냄새가 달라진다. 내 집 베란다에 서면 아파트 관리소 굴뚝을 마주 보게 되는데, 굴뚝 사다리 중간에 까치가 둥지를 틀고 있는 것이 이채롭다. 신기한 것은 그것들이 집에 들어올 때 둥지로 곧장 날아들지 않고, 둥지에서 떨어진 곳에 내려서 한 층씩 올라가는 것이다. 다른 새와는 달리 암수가 똑같이 생겼는데, 봄이 되면 새끼를 낳아 둘이서 부지런히 날아다니며 먹이를 물어 나른다.

몇 해 전에 그 둥지가 사라진 적이 있다. 아파트 외벽 도장 공사 때 굴뚝을 청소하면서, 둥지를 헐어내고 페인트로 칠했던 것이다. 엘리베이터에서 만나는 이웃들은 저마다 변을 당한 까치를 화제로 올렸다. 위층에 사는 장난꾸러기 초등학생은 지난

해 백일장에서 그 까치를 소재로 시를 써낸 것이 장원을 했다면서 아쉬워했다. 굴뚝에 달려있던 둥지는 없어졌어도 우리의 머릿속에는 둥지가 여전히 남아있었다.

다음 해 봄에, 한동안 소식이 없던 까치가 돌아왔다. 쉴 새 없이 마른 나뭇가지를 물어 와 둥지를 틀었고, 이듬해에는 둥지가 하나 더 늘었다. 그리고 해가 바뀌면서 외벽 도장 공사를 또 하게 되었지만, 이번에는 주민들이 건의해서 둥지가 둘 다 무사했다. 그러나 웬일인지 칠 공사가 끝나고 며칠이 지나도록 까치는 보이지 않았다. 페인트 냄새가 지독하여 참기가 힘든 때문이었을까. 떠나 버린 이유가 궁금했고 서운했고 또한 허전하였다.

어느 날 동생이 자기의 신랑감 후보라면서 낯선 총각을 앞세워 찾아왔다. 큰언니에게 보여주고 인물평을 받겠다는 것인데, 수줍은 듯 창밖을 내다보던 그 총각이 까치둥지를 보면서 신기해했다. 결혼하면 들어가 살 집이 있느냐는 동생의 물음에, 그는 까치둥지를 가리키며 '저기가 비었다는데' 하고 웃었다. 조각을 전공한 그는 결혼 후 예술적인 솜씨로 새 둥지같이 아늑한 보금자리를 꾸몄다.

철이 바뀌어 따뜻한 봄날 아침, 나는 시끄러운 까치 소리에 밖을 내다보았다. 대여섯 마리가 저마다 깍깍대는데, 아무리 봐도 둥지 싸움인지 짝짓기 싸움인지 알 수가 없었다. 외출 후 돌

아와 보니 조용했다. 새들은 다음 날부터 집을 보수하는 것 같
았다. 얼마 후, 둥지가 세 개나 보여서 웬일인가 했는데, 유심
히 살펴보고서야 제일 위의 것이 둥지이고, 밑의 두 개는 흔적
인 것을 알았다. 원래 있던 둥지 두 개를 해체하여 새 둥지 하나
로 만든 것이었다.

어제는 청계산 약수터에 다녀오는 길에 큰 나무 위에 있는 세
개의 둥지를 보았다. 주위는 시원한 바람 소리와 함께 매미의
합창이 어우러져 자연 속에서 잘 어울렸다. 나는 까치가 나무
위에서만 사는 줄 알고 있었다. 그에 비하면 우리 집 앞의 까치
는 한여름 무더운 날 뙤약볕 아래 굴뚝에 달랑 매달린 둥지라
니…. 그놈들은 왜 하필 그곳에 지었는지 모르겠다. 까치가 굴
뚝을 나무로 잘못 알고 왔을 리는 없겠고, 산속보다 이곳에 먹
이가 더 많아서도 아닐 터인데, 그렇다면 이놈들도 도시가 좋아
서란 말인가.

나는 어릴 적에 살았던 삼청동 산 밑의 한옥이 떠올랐다. 그
집에는 화장실이 마당 한쪽에 있어서, 밤이면 그곳에 가는 것이
무서웠다. 비 오는 날이면 손가락처럼 굵은 지렁이가 꽃밭에서
기어 나와 댓돌 위의 신발 옆에서 돌아다녔다. 그리고 연탄불을
갈아 넣으려고 마루 밑 아궁이에 들어가면, 따뜻한 연탄 아궁이
옆에서 자고 있는 도둑고양이 때문에 놀라곤 하였다. 그런 집을

떠나 고층 아파트 속에 살고 있으니, 산을 떠나와 사는 까치나 내가 무언가 공통점이 있는 것 같기도 했다.

오늘도 까치는 새벽부터 분주하게 산 쪽으로 날아간다. 그놈이 아침에 울면 반가운 손님이 온다는데…. 사람들은 자연 그대로보다는 인간의 손이 닿아야 비로소 편리하고 문화적인 즐거움을 주게 된다고 생각하는데, 아파트촌에 와 사는 까치는 삭막한 주거 환경 속에서도 우리에게 오아시스 같은 즐거움을 안겨준다.

(1991)

평생회원권을 드릴게요

후드득 후드득하는 소리가 들린다. 돌아다보니 땅에 반짝이는 게 있다. 밤이다. 밤이 떨어지면서 툭툭 튄다. 일단 주워들었다. 작은 밤송이가 땅에 떨어지는 소리가 산을 울린다. 남편은 산밤이 너무 잘아서 흥미를 잃었다고 지나쳤지만, 내가 생밤을 까주며 맛보라 했더니 금세 밤을 줍기 시작했다.

우리는 욕심에 너무 빠져들지 말고 지나가는 길목에서 눈앞에 보이는 것만 줍자고 했지만, 결국 산밤이 툭툭 튀는 소리를 따라다니다 길도 아닌 데로 들어섰고, 서로 안 보이면 야호를 외쳐가며 찾기 바빴다. 쉴 새도 없이 밤을 찾아다니느라 시간가는 줄도 몰랐다. 이제는 나보다 더 열중하여 밤을 줍는 그의 모습을 보며, 저렇게 평생 처자식을 위해 벌어다 주느라 애썼구나 싶었다.

밤 줍는 재미를 못 잊어 우리는 과천시 밤 줍기 행사에도 가

보기로 했다. 밤나무 단지는 35년생 밤나무 2,000그루로 과수원이 조성되어 큰 밤이 많다고 했다. 9월의 마지막 주일에 하늘은 새파랗고, 기대로 가슴이 부풀었다. 주의사항은 뱀이나 벌을 조심하라, 땅에 떨어진 것만 주워라, 큰 마대자루에 담아가지 마라, 장대로 밤나무를 흔들지 마라 등 상식적인 말인데, 가져온 장대를 뺏긴 사람도 있었다.

10시, 호루라기 소리에 밤나무 단지의 대문이 열리고 기다리던 백여 명이 집개와 양파망을 챙겨 들고 알밤 세상으로 발 빠르게 돌진했다. 동산을 올라가는 길 양쪽에 밤나무가 줄줄이 서 있고, 왕밤 송이가 수도 없이 널려 있다. 앞장선 이들은 모두가 매의 눈으로 알밤을 찾아 부지런히 주워 담는다. 밤이 토실토실 어찌나 많이 떨어져 있는지 큰 것만 골라서 주워도 입이 귀에 걸린다.

동산 위에 오르니 와글와글 사람들의 소리가 들려왔다. "할아버지, 이리로 오세요." "와~ 밤이 굴러가요." 밤이 떨어질 때마다 아이들이 흥분해서 소리치며 방방 뛴다. 그러나 밤 줍기에 여념이 없는 어른들의 시선은 오로지 땅에 있고 말도 없다. 비탈길을 계속 올라가도 온통 밤, 밤, 밤…. 올려다봐도 나무마다 가지가 휘어지도록 매달린 밤송이들이 꽃보다 더 멋있고 믿음직스럽다.

한참 줍다 보니 슬슬 허리도 아파오고 밤 가시를 밟으면 튀어나오는 알밤을 꺼내느라 찔리기도 했지만 세상에 편하기만 한 일이 어디 있으랴. 드넓은 밤나무 단지 곳곳에 사람들이 많고 풀밭에는 어느새 밤 가시 껍질로 가득 덮여 앉을 곳이 마땅찮다. 주위를 둘러보니 아래쪽 낮은 곳에 정자가 보였다.

"어디 보자…." 아들과 함께 온 아버지가 한 시간 동안 주운 밤을 세고 그 옆에서는 밤송이째 비닐에 담아온 걸 풀어놓는다. 재빠르게 요령 있는 발놀림에 알밤들이 따가운 가시집 속에서 얼굴을 내민다. 반짝이는 밤톨이 쏙 튀어나올 때 엔도르핀도 따라 나온다. 이런 맛이 밤 줍기 체험의 최고 기쁨. 속껍질을 벗겨낸 알밤을 아작아작 깨물어 씹으면 가을 맛이 입안에 가득이다.

밤 정리를 마친 이들은 삼삼오오 모여앉아 밤을 원 없이 많이 주웠다며 얼굴이 활짝 피었다. 누구 밤이 제일 큰지 저마다 밤을 꺼내서 대본다. "1등한 밤은 역시나 매우 크네요." 하는 말을 듣고 얼굴에 의기양양한 미소가 퍼진다. 귀가를 서두르는 분들의 배낭이니 손가방은 밤이 그득그득해 무겁지만 한결같이 행복한 미소가 걸려 있다. 각자 힘닿는 대로 능력껏 주운 것이 바로 주최 측이 주는 상품, 즉 '상품이 셀프'인 것이다.

밤나무는 땅속에 들어갔던 최초의 씨밤이 아름드리가 되어도 썩지 않고 남아있다. 오랜 세월이 흘러도 당초의 씨밤은 그 나무 밑에 생밤인 채 매달려있다. 그래서 밤은 자손과 조상의 영원한 연결을 상징, 조상의 위패나 신주를 밤나무로 깎는다. 자신의 조상과 근본을 잊지 말라는 뜻으로 제상에도 밤을 올린다. 폐백을 마치면 시부모님이 며느리에게 밤을 던져주는 것은 자손 번창을 축원한다는 뜻이다.

조선에선 위패제작용 밤나무를 국가적 차원에서 관리했다. 밤나무는 방부제 역할을 하는 타닌 성분이 많아 부서지거나 썩지 않고 오래 가니 좋은 목재가 된다. 방아의 축이나 절굿공이처럼 단단한 연장도 만들고 장승도 만드는데, 예전에는 철도 침목을 만들 때도 사용했다.

밤 줍기 행사 덕분에 밤 부자가 되었다. 줍는 재미만으로도 만족인데 이웃들과 나눠 먹으니 더 좋다. 생밤을 좋아하는 그이를 위해서 밤껍질을 벗겨 물에 담가두었다. 날밤에 끓는 물을 붓고 잠시 두면 껍질이 쉽게 벗겨진다. 노화방지 및 면역력 증강을 돕고 칼슘도 풍부해 뼈의 밀도를 높여준다니 안심이다.

그러다가 문득 내가 심지도 않은 밤나무인데 수확만 한 것에 미안한 생각이 든다. 다람쥐들의 양식을 가로챈 것이 아닐까. 잠시 걱정을 해보지만 계속 땅으로 떨어져 구르는 밤과 아직도 공중에 주렁주렁 달린 밤송이를 보면서 "풍성한데, 뭘~." 하면서 마음을 놓는다. 이렇게 혼자 내 맘대로 편한 생각을 한다.

산자락에 사니 심심할 새가 없다. 가을엔 밤송이 그리고 벌레 소리 솔바람 소리…. 수확의 즐거움을 맛보며 그제야 이런저런 이야기를 나눈다. 친구들은 값비싼 골프 회원권을 자랑하지만 우린 청계산 회원권, 관악산 회원권이 있다. 게다가 모두 공짜 다. 내가 한 동네에서 삼십 년이 넘도록 사는 이유이기도 하다.

(2005)

내 가슴이 뛴다

　내가 뻐꾸기를 처음 본 것은 60년대에 큰길 버스정류장 앞의 시계방에서다. 버스를 기다리다가 우연히 눈이 멈춘 쇼윈도 속에서 신기하게도 벽시계 이마에 붙어있는 새 둥지의 문이 활짝 열리더니 뻐꾸기가 튀어나와 몸을 위아래로 흔들며 열두 번이나 뻐꾹뻐꾹 소리를 냈던 것이다. 버스정류장의 극심한 소음을 능가하는 그 자연의 소리는, 도시생활 밖에 모르던 내게 순식간에 깊은 숲에 둘러싸인 것 같은 평안함을 주었다. 결혼하여 처음 장만한 것이 그 뻐꾹 시계였다.

　중년을 바라보며 청계산 산자락으로 이사 온 지 이십 년이 넘었다. 요즘 동네 뒷산은 나날이 신록으로 채워져 향기도 달라졌다. 등산로 초입부터 쫄쫄 흘러내리는 시내를 건널 때는 속세에서 자연의 문턱을 넘는 느낌이다. 이름 모를 산새들은 자기들이 주인인 양 멀리서도 지저귐으로 손님을 반겨준다. 이런저런 산새들의 소리를 따라 하면서 걸어가면 내 마음도 새가 되어 마냥 즐겁다.

그중에도 뻐꾸기 소리만 들리면 내 심장이 콩당콩당 뛴다. 친구랑 나누던 대화가 시들해지고 새한테만 온통 쏠린다. 그럴 때는 심호흡을 해서 목청을 가다듬고 뻐꾸기가 되어 건너 산에 대고 뻐꾹 뻐꾹 해본다. 새는 멀리서 세 번, 또는 두 번씩, 그러다가 다섯 번씩 반복하며 노랫소리를 바꾸지만 나 역시 질세라 똑같은 메아리를 보낸다. 그렇게 한참을 갔는데 건너 산에서 들리던 새소리가 갑자기 뚝 그쳤다. 그러거나 말거나 이미 흥겨워진 내가 계속 새소리를 내자 앞서가던 친구는 내게 뻐꾸기도 떠났는데 그만 좀 그칠 수 없겠느냐 한다. 친구가 갑자기 뻐꾸기로 변했으니 삐질 만도 하다.

그러다가 중턱에 다다르니 뻐꾹새 소리가 다시 들리기 시작했다. 반가움으로 곧 응답을 했다. 그런데 소리가 자꾸만 가까워지고 있다. 내가 장난기가 동하여 소리를 두 번씩 내다가 다섯 번으로 바꾸니 자기도 나를 따라 다섯 번으로 바꾸는 것이다. 다시 바꾸면 또 따라 한다. 세상에! 이렇게 마음이 잘 통하는 새는 처음 본다. 이제는 누가 메아리인지 모르겠다. 우연이라면 참 신기한 우연이라 나는 왠지 모르게 가슴이 또 쿵쿵 뛰었다.

뻐꾸기의 화답에 가파른 산길도 힘든 줄 모르고 어느새 산정까지 거의 올라왔다. 그런데 새소리가 너무 가깝다고 느낀 순간, "푸드득" 소리와 함께 바로 위 나뭇가지가 심하게 흔들렸다. 눈앞에 산새 한 마리가 하늘 높이 날아오른다. 깜짝 놀라서 나는 현기증이 났다. 순간 머리를 스치는 생각. 아 내가 못할 짓을 한 거구나. 그 뻐꾸기는 짝을 찾아 먼 산으로부터 소리를 주거니 받거니 호흡을 맞추면서 찾아왔던 것인데 상대를 내려다보고 기절초풍이었던 것이다. 날개가 있나 부리가 있나 다리는 굵고 아무짝에도 쓸데없이 덩치만 큰 괴물이 뻐꾸기 소리만 잘 내고 있었으니 말이다. 어찌나 무안했던지 나는 정말 쥐구멍에라도 숨고 싶었다.

그러나 한편으로는 서로가 뭔가 통했다는 생각으로 가슴 뿌듯하다. 비록 퇴짜를 맞기는 했지만 산새가 내 소리를 듣고 찾아왔던 것이 너무나 신기하고 놀라운 일이다. 그 청아한 소리에 흠뻑 빠진 내 감동을 새도 느끼고 있었구나. 진심의 소리는 새에게도 교감이 되는 것인가.

그런데, 새와도 통할 수 있는데 왜 사람들 사이에서는 말이 통하지 않을 때가 많았을까. 진심이 통하지 않을 때는 서글퍼진다. 상대방의 생각부터 탐색하면서 대화를 했기 때문일까. 함부로 진심을 내보이기가 조심스러운 때문일까. 사람보다는 차라리 애완동물과 더 잘 통한다는 사람을 이해할 수 있을 것 같다.

오늘도 산새 소리는 나를 반겨주고, 뻐꾸기의 더없이 아름다운 소리가 애잔하게 들려올 때마다 내 가슴이 뛴다. 뻐꾸기 덕에 나는 자연과의 대화에 자신감이 좀 생긴 것 같다. 친구가 뭐라 해도 나는 산에만 가면 또 평소 실력으로 "뻐—꾹, 뻐—꾹" 따라 하면서 잠시나마 산새가 되어 본다.

(1994)

라쏠쏠미새

철 늦은 산철쭉을 따라와 노래하는 새가 있다. 고운 소프라노 소리가 애절한데, 한동안 그 새의 이름을 몰라 나는 '라솔솔미새'라고 불렀다.

그 맑은소리가 탐나서 어느 날 새소리 흉내를 내어 보았다. 계속해서 따라 했더니 맞은편 산의 새소리가 점점 다가온다. 내 소리가 맘에 들었나 보다. 응답이 오니 가슴이 설레고 어느 쪽이 메아리인지 모르게 주거니 받거니 산을 울렸다. 나는 마치 동물과 대화를 나눌 수 있다는 솔로몬의 반지라도 찾아낸 듯 가슴이 두근두근했다. 그러다가 어느 정도 가까워지면 소리가 멈춰 매번 안타까웠다.

그 울음소리가 독특하여 사람마다 다르게 들리나 보다. 홀딱 벗고라고 들리는 '홀딱 새', 보리를 벨 때 운다고 '보리 새', 모내기하는 농부들에겐 '어절씨구'로 들린다며 '옹헤야' 후렴으로 흥을 돋운다. 남정네에겐 '호호호~히' '캬캬캬~코' 소리가 바람난 가시나 웃는 소리같이 들린단다. 같은 새의 울음소리가 이렇게도 여러 가지로 들리다니…. 어쩌면 저마다 듣고 싶은 대로 들리기 때문일까.

'홀딱 벗고 새' 전설에는 도를 닦기에 게으름만 피우다가 세상을 떠난 스님들이 환생한 새라는데, "홀딱 벗고 정신 차려라, 홀딱 벗고 열심히 공부해, 홀딱 벗고 마음을 가다듬어, 홀딱 벗고 망상도 지워버려, 홀딱 벗고 홀딱 벗고…." 하며 운다고 원성 스님이 시를 지었다. 어디 후배 스님들뿐이랴. 툭하면 열 받고 세상 번민에 시달리는 내게도 오늘따라 깨우침을 주려는 것 같기도 하다.

별명이 많은 이 새의 이름은 '검은등 뻐꾸기'이다. 여름 철새라 소리를 들을 수 있는 시기가 연중 두어 달 뿐이니 아쉬움을 더한다.

이 새는 초여름에 우리나라 산천을 찾아와 번식을 한다. 뱁새의 둥지에 한두 개의 알을 낳는데, 길러주는 어미 새의 알에 따라서 크기와 빛깔은 물론 무늬까지 똑같다. 품은 지 열흘 만에 숙주 새의 알보다 2, 3일 일찍 부화하여 눈도 뜨지 못한 검은등 뻐꾸기 새끼는 굽은 등으로 뱁새 알을 둥지 밖으로 밀어 떨어뜨리는 것으로 삶을 시작한다. 본능적으로 숙주인 뱁새는 저보다 검은등 뻐꾸기 새끼가 훨씬 커져도 온 힘을 기울여 길러준다. 새끼는 성장 후 가을에 제 어미를 따라 멀리 동남아의 남쪽나라로 떠난다.

내가 반한 청아한 목소리의 새가 이런 탁란 습성을 가졌다니 믿기지 않는다. 유익이 없으면 에너지를 소비하지 않는 것이 생물의 기본 법칙. 사람이나 동물이나 요란한 표현, 꾸며진 외양으로 현혹시킨 뒤에는 대개 뭔가 이기적인 목적이 있을 것이다. 그런데 검은등 뻐꾸기의 어떤 사연이 남의 둥지에 알을 낳을 수밖에 없는지, 그럼에도 어떻게 번식이 되고 대가 끊이지 않는지 매번 궁금했다. 새끼가 뱁새 둥지에서 자라는데 어떻게 뱁새 언어가 아닌 검은등 뻐꾸기 소리를 내는지도 경이로운 일이다.

검은등 뻐꾸기는 알을 한 개 낳기 전에 매번 교미를 한다. 숙주가 없는 틈을 타서, 몇 초 동안에 후딱 자신의 알을 낳기를 네댓 번 여기저기 하나씩 낳는다. 그러나 아주 짧게 머무는 철새이기 때문에 계속 알을 품고 있을 시간이 없다. 모든 알을 직접 품는다면 먼저 낳은 알 한두 개는 품어 주지 못하는 동안 썩어 버릴 것이다.

오로지 탁란 만이 후손을 번식하는 생존전략인데 탁란율이 겨우 20% 정도라니 안쓰럽다. 어떤 숙주 새는 둥지에 낯선 알이 보이면 둥지 밖으로 밀어내고, 둥지를 아예 떠나버리기도 하지만 본능적으로 누구 알인지 차별하지 않는 뱁새와 몇몇 새들은 둥지 안의 새끼가 숙주 새보다 더 커져도 날 수 있을 때까지 전심으로 새끼를 돌보아준다. 뱁새는 다행하게도 활발한 번식력으로 개체 수가 유지된다니 자연이 주는 상급에 배려가 느껴진다. 뱁새 둥지에서 뱁뱁 소리를 들으며 성장해도 검은등 뻐꾸기는 뱁새 소리보다는 주위를 맴도는 라쏠쏠미새소리를 따라하니 새끼의 언어 선택은 본능적인 것일까 알을 품는 능력은 없어도 둥지 주위를 맴돌며 모성애의 라쏠쏠미 소리로 종족의 언어를 가르치는 것일까. 온 산을 울리는 아름다운 새소리는 지나칠 수 없이 애상적이라 마음이 짠하다. 어떻든 철새라서 성장 후에는 제 어미를 따라 동남아로 함께 떠나니 해피엔딩이다.

오늘도 검은등 뻐꾸기가 온 산을 울리고 세상사 희로애락에 속을 끓이던 나는 새소리와 어우러진 자연의 교향악 숲에서 오아시스를 맛본다. 평생 친구로는 눈을 즐겁게 하는 이보다 귀를 즐겁게 하는 이를 따르라던 말을 이제야 알 것도 같다. 검은등 뻐꾸기를 키워주는 숙주 새들에게 큰 박수를 보내며, 오늘도 '라쏠쏠미' 소리를 따라 하면서 위로를 받는다.

(2008)

생명의 소리

해산한 딸이 산후조리하러 친정에 왔다. 아기는 젖내를 풀풀 풍기며 새근새근 잠이 들어있다. 아기는 너무나 사랑스럽지만 한두 시간 간격으로 계속 울어대고 기저귀를 적시고 우리를 너무나 피곤하게 한다. 그로부터 달포간 애기와 지내면서 할머니 눈에 비친 아기는 젊은 어미의 눈에 비쳤던 아기와 사뭇 다른 느낌이다.

딸의 해산 전에 나는 멀리 나들이를 갔었기에 공항에 도착하자 딸에게 전화부터 했다. 예정일 일주일 전인데 마침 그날 아침에 이슬이 비쳤다고 한다. 태중의 아기가 할머니 계실 때를 잘 맞추었다. 딸애는 이슬만 비치지 진통이 없다며 걱정을 한다. "남들 얘기에 신경 쓰지 마라. 너의 할머니, 외할머니, 그리고 어머니도 모두 순산을 하셨으니 너는 순산할 수밖에 없다. 너는 그 세 분밖에는 닮을 사람이 없으니까."라고 해도 마음을 못 놓는다.

　다음날 새벽, 먼동도 트기 전에 전화기가 울리더니, 딸의 진통이 5분 간격이라 했다. 동이 트지도 않은 잠결에 택시로 딸네 가서 현관문을 여니, 배가 풍선처럼 부풀어 소파에 걸터앉은 딸이 눈에 들어온다. 문득 내가 딸애를 가졌을 때도 저렇게 부풀었던가 낯선 생각이 들어 올챙이 적 생각을 못 하는 개구리의 미소를 흘린다.

　병원에 데려가서 분만실에 들여보내고 괜히 초조해하는데 간호사는 애기 아버지만 들어오라며 아버지가 가위로 탯줄을 자른다고 한다. 그러고 보니 대기실에는 장모님들만 우왕좌왕하고 아버지 후보들은 흰 가운을 입고 분만실을 들락거린다. 졸지에 손님이 된 장모님은 격세지감(隔世之感)으로 책장만 넘기고 있는데 산모들의 산통 외침과 애기 소리가 대기실까지 들렸다. 사위는 '10시에 5센티, 10시 반에 8센티…' 하며 핸드폰 문자로 상황을 알려주었지만, 나는 분만실의 문이 열릴 때마다 벌떡 일어나 내 손주인가 싶어 놀라곤 했다.

　내가 미국에서 딸을 낳을 때는 새벽이었다. 저녁부터 진통하다가 분만실에 들어가니 남편이 보낸 안경을 간호사가 씌워 주었다. 산모는 격막 마취로 고통을 못 느끼는 대신에 천정에 설치된 거울로 분만 광경에서 자기 아이가 탄생하는 모습을 볼 수 있다. 나는 "세상에 이런 일이" TV프로를 보듯 화면을 보는데, 내 아기가 탯줄을 줄줄이 끌며 나오자 "딸이다." 하는 의사의 말소리가 들렸다. 삼십여 년 전 일이다.

분만실의 문이 또 열렸다. 아기를 안고 나오는 간호사 뒤에 사위가 서 있다. "순산했어요."라는 말이 들린다. 여태 기다리던 기쁜 소식이다. 신생아실로 가는 길목에서 아기를 보았다. 투명플라스틱 침대에 누운 아기는 한쪽만 눈을 뜨고 있다. "아가야, 너와 나의 첫 대면이구나, 반갑다." 내가 말하니 아기가 갑자기 활짝 웃는다. 나는 밀려오는 감동으로 가슴이 꽉 차올랐다. "배냇짓이에요." 간호사가 대수롭지 않게 말했지만 해석은 내 맘이다. 방금 이 세상에 나온 아기 같지 않게 눈동자를 굴리며 주위를 둘러보고 하품을 하고 간호사가 침을 닦아주니 귀찮다고 얼굴을 찡그리기까지 한다. 얼마나 기다리고 기다리던 탄생인가.

애기아버지는 아직 발그레함이 남아있는 표정으로 난생처음 본 해산 광경을 이야기한다. 산모가 얼굴이 새빨개지도록 힘을 주자 순식간에 "응애~" 새 생명의 소리가 들렸고, 생전 처음 가위를 쥔 자기 손이 손수 탯줄을 자르며 덜덜 떨렸다면서 고개를 절래 흔든다. 긴장된 순간이었지만 너무나 뿌듯하였단다.

한참 만에 산모와 아기가 입원실로 올라왔다. "엄마, 나 낳을 때도 그렇게 힘들었지요. 회복실에서 엄마 생각만 했어요." 딸이 내게 덥석 안기며 말한다. 둘이서는 눈물이 그렁그렁해 가지고 더 꼭 안았다. 내 아기가 자기 아기를 낳았으니 대견하고 고맙고 가슴이 벅차다. 아기는 산후조리원에서 배꼽이 떨어지고야 우리 집에 왔다.

오랜만에 아기를 안아보니 감회가 새롭다. 내 가슴 저 깊은 곳에서 몽글몽글 피어난 사랑의 봉오리들이 아기를 볼 때마다 분출한다. 어미는 의무가 앞서고 할미는 사랑이 앞서는가 보다. 외할미의 눈으로 본 손녀는 어미의 눈으로 보이지 않던 새로운 면을 보여준다.

아기의 울음소리가 처음에는 옹애옹애 하더니 차츰 소리가 깊어지면서 달라졌다. 아기가 모음 연습을 하는지 '오' 발음에서 차차 '아' 발음으로 바뀌어 갔는데, 아기의 소리가 울음이라기보다는 자기표현의 언어로 들린다. 울음소리가 상당히 멀리 들리고 시끄러운 이유는 생존경쟁에서 살아남으려는 원초적인 안간힘일 것이다.

아기와 어미의 상관관계가 경이롭다. 산모가 잠을 길게 자고 쉬려 하면 도리어 가슴이 뭉쳐 열이 나고 몸이 무거운데, 젖을 자주 물리면 자궁수축이 빨라지고 젖 몽우리도 쉽게 풀리고 몸이 가벼워진다. 모체는 아기 울음소리에 갑자기 젖이 돌아 뚝뚝 떨어지고 아기 생각만 해도 젖이 도니 신기한 일이다. 이제 보니 어머니가 젖을 주는 것이 의지 이전에 본능이었다.

아기는 잠이 깨면 예외 없이 파닥파닥 혼자 운동을 하는데, 단전을 불룩불룩 움직이며 호흡하면서 팔다리를 한쪽씩 차례로 이완시켜주는 등, 온몸을 움직인다. 성장해가면서 하나씩 힘이 생겨 가는데, 울 때도 단전만 땅에 붙이고 팔다리를 모두 들며 운동하는 것이 국선도 단전호흡의 동작 그 자체이다. 나는 다년 간 국선도 수련원에 다니면서 단전호흡을 새롭게 배우며 그동안 건강도 차츰 회복되고 있는데, 이제 보니 신생아 때부터 이미 했던 것이었다.

아기를 돌보면서 조물주의 이치가 새삼스럽게 느껴지고 더욱 감사함이 느껴진다. 아기가 쉴 새 없이 먹어대고 기저귀 갈라고 하지만 울어도 싸도 그저 예쁘기만 하다. 세상에서도 누구를 그렇게 대가 없이 사랑한다면 이 세상이 얼마나 화기애애하게 달라질 것인가. 부모와 자식 간의 관계는 이렇게 무조건 사랑하고 먹여주고 모든 걸 해결 받는 관계로 시작하여 일생을 내리사랑으로 지내게 되나 보다.

이렇게 하여 새로운 세대가 시작이다. 첫 손주는 우리 모두의 '호칭'을 업그레이드시켜 주었다. 나는 할머니가 되었고 유치원생 막내 조카는 졸지에 아줌마가 되었다. 호칭이 달라지니 새로

운 마음으로 더 열심히 살아가야겠다는 각오가 생긴다. 새로 부
모가 된 딸네는 그 이상일 것이다. 항상 기쁨을 주는 사람으로
키우기를 기대해본다.

(2004)

소나기

갑자기 유리창을 두드리는 빗소리에 밖으로 눈이 간다. 건너편 관악산 위의 구름이 갑자기 부서져 내리며 잿빛 하늘이 차츰 옅어지는 것이 보인다. 올여름에는 장마가 길고 무더운 여름일 거라는 예보를 들었는데 어김없이 찾아오는 계절의 변화가 언제 보아도 경이롭다. 이런 날이면 소나기 때문에 생겼던 일들이 떠오른다.

그리스로 단체 여행을 갔을 때였다. 무더운 날씨에 서울의 남산을 오르듯 층계를 한참 올라가니 역사책에서만 보던 아크로폴리스 언덕이 나타났다. 꼭대기에서 파르테논 신전과 엘렉티온 소녀상, 나이키 신전의 기둥을 만져보고 사진도 찍고 정교한 조각상들을 감상하면서 감회에 젖었다. 그러다가 일행에게 가방을 맡기고 화장실을 찾으니 기다리는 행렬이 너무나 길다. 별수 없이 세계 각국 인종들의 모습을 둘러보며 한참을 기다려 용무를 마치고 나오니 밖에서는 갑자기 장대같이 쏟아지는 소나기 속에서 사람들이 우왕좌왕하고 있었다.

북새통을 헤치고 장대비 속을 달려 겨우 일행이 있었던 장소를 찾아가니 일행은 물론 파르테논 신전 주위에 가득하던 사람들까지 하나도 보이지 않는다. 그 많던 사람들이 도대체 모두 어디로 갔을까. 신전 너머까지 내려가 보았지만 아무도 없다. 졸지에 나는 국제미아가 되었다는 현실에 앞이 아찔했다. 억수같이 쏟아지는 비를 피할 경황도 없이, 오던 길로 황망하게 되돌아 나왔다. 무조건 층계로 내려가니 사람들이 보이기 시작한다. 그런데 무리 지어 부산스럽게 층계를 내려가는 사람들을 아무리 둘러보아도 서양 사람들 뿐, 검은 머리 동양인조차 눈에 띄지 않았다. 그렇지만 계속 가다 보면 만나려니 하는 희망으로 더 열심히 두리번거리면서 인파에 휩쓸려 내려갈 수밖에 없었다.

언덕 밑 큰길에는 대형버스가 길 양쪽에 꼬리에 꼬리를 물고 겹겹이 늘어서 있다. 내가 탔던 파란색 줄무늬 버스를 찾았으나 비슷한 버스가 너무 많고 차 안에는 서양 사람들뿐, 게다가 아무리 생각을 해봐도 타고 온 버스의 번호판 숫자가 기억에 없다. 단체여행이라고 마음 편하게 앞사람 뒤통수만 보고 따라다녔던 일이 후회막급이었다. '이러다간 일행을 놓치지.' 하면서

겁이 더럭 났다. 나는 화장실에 가기 전에 지갑이니 가방을 모두 일행에게 맡긴 터이다. 온갖 불길한 상상들이 머릿속에 밀려들었다.

굵은 빗줄기가 이제는 동이로 퍼붓는 것같이 쏟아져 내리지만 옷이 젖는 것은 문제가 아니었다. 일단 택시를 타고 호텔에 가서 기다릴까 하다가, 아침에 짐을 정리해서 버스에 실은 생각이 났고, 점심 식사 후 곧장 이집트행 비행기를 탈 예정이라던 안내원의 말이 떠올랐다. 생각 끝에 한국대사관에 가볼까 했다. 그러나 택시 기사가 북한대사관에 데려다주는 바람에 본의 아니게 납북되었다던 사람이 생각났다. 정신이 버쩍 났다. 나는 길도 모르고 지갑도 여권도 없어 국제미아가 된 꼴이라 눈앞이 캄캄했다.

빗줄기는 더욱 거세어져, 길에 다니는 사람조차 눈에 띄게 줄었다. 나는 빗속에서 아무리 헤매고 다니며 찾아봐도 일행을 만나지 못하자 언덕 입구 매표소 앞으로 다시 돌아와, 일행들의 눈에라도 뜨이기를 바라며 길 한가운데 막연하게 서 있었다. 혹시 일행이 나를 찾으러 다닌다면, 길이나 어긋나지 않기 위해서다. 참으로 어이없는 일이지만 다른 수가 없었다.

문득 가족들의 얼굴이 떠오르며 내 걱정을 하실 부모님 생각이 났다. 어머니는 일생에 남을 멋진 추억을 가져오라고 하셨다. 뒤이어 단체여행 일행의 얼굴이 하나씩 떠올랐다. 그들이 내게 붙여준 '똑순이'란 별명이 당치도 않다. 조금 전까지만 해도 새로 산 점퍼가 젖을까 봐 비를 피해 이리 뛰고 저리 뛰고 했던 일이 이제는 우스워지기 시작했다. 더 이상 젖을 것도 없으니 차갑던 빗줄기에도 아랑곳없이 포기상태다.

이런저런 생각으로 멍하니 서 있은 지 얼마가 지났을까. 갑자기 하늘이 밝아지고 빗줄기가 멎으며 어디서인가 사람들이 나타나기 시작했다. 그때 길 건너에서 누군가 손짓하는 모습이 눈에 들어왔다. 구세주 같은 안내원. 그는 앞을 가리는 빗줄기 때문에 서둘러 나서지 못해 미안하다며 웃었고, 나는 지쳐서 이것저것 따질 생각도 못 하고 안내원만 묵묵히 따라갔다. 우리 버스는 줄 맨 끝에 있었다. 차 안에서 기다리던 일행은 저마다 다투어 마른 수건을 내밀며 반가워했다. 갑자기 장대비가 쏟아지는 바람에 앞만 보고 정신없이 뛰느라고 모두들 깜빡했단다. 다시 만났는데 아무려면 어떠랴.

처녀시절, 데이트 중에 소나기를 만나면 작은 양산 속에서 비가 긋기를 기다리곤 하였다. 남산에서 내려오다 갑자기 소나기를 만났던 생각이 난다. 궁한 대로 내 양산을 펼쳐 들었는데 양산 밖은 마치 폭포 병풍을 두른 듯 주위가 전혀 보이지 않아, 숲속에 둘만 있는 것 같은 착각이 들었다. 어색한 마음에 서로

닿지 않으려고 조심조심 걸었으나, 양산 속이 넓지도 않아서 비에 흠뻑 젖기 일쑤였다. 결국은 손을 잡고서 발을 맞춰간다 싶으니 비가 갰다. 요즘 신세대 젊은이들이 자연스레 허리를 감고 가는 것을 보면, 저럴 수도 있는 것이었나 하면서 피식 웃음이 나온다.

살다 보면 예기치 못한 일을 당하는 경우가 많은데, 행동이 느리고 생각이 잘 안 나서 그냥 멍 때리고 있은 것이 때로는 정답이 되기도 했다. 옛날에 우산 속에서 같이 걷던 사람과는 지금까지도 발을 맞추며 살아가고 있다. 한 치 앞을 몰라 우산을 던져버리고 빗속을 헤맨 때도 있었지만, 세월이 가면서 서로가 상대방의 우산이 되어 주려고 노력하게 되었다.

비가 오는 날이면 평소에 묻혀있던 지난 일들이 피어오른다. 밖은 그 새 조용해졌다. 뽀얗게 먼지를 뒤집어썼던 도시의 건물과 초목들이 싱그럽다. 오랜만에, 비 갠 후의 맑은 공기를 흠씬 들이마신다.

(2004)

말벌과 함께 상상하는 날

숲길을 걷는데 앞서가던 남편이 갑자기 비명과 동시에 손을 휘두르며 손가락을 입에 물었다. 말벌에 쏘였는데 순식간에 감각이 둔해져 독을 빨아내는 거란다. 병원에 달려가 해독 주사라도 맞아야 할 것 같은데 괜찮다고 손사래를 친다. 정상에 오르니 팔이며 어깨까지 뻐근하다는데 괜찮을까 걱정이다.

집에 오자마자 우선 "말벌에 쏘였어요."라고 인터넷 검색을 해보니, 잘못 쏘이면 호흡곤란, 마비, 의식 상실 등의 심각한 증상이 일어나 운 나쁘면 한 시간 안에 생명을 잃기도 한다니 걱정스러웠다. 벌초하다 말벌에 쏘여 죽었다는 사람도 있다는데, 남편은 무슨 심산인지 병원도 약국도 거부한 채 벌겋게 부어오른 손등만 계속 주무르고 있다. 퉁퉁 부어오른 손등은 2주가 지나도록 그대로 붓기가 빠지지 않고 통증도 가시지 않았다.

더위는 나날이 극성을 부리고 산바람이 그리운데, 등산을 가려 해도 말벌 때문에 망설여진다. 이십여 년 다닌 단골 등반 코스를 포기하기는 싫고, 어디서 갑자기 말벌들이 나타나는지 궁금했다. 다음날 또 집을 나섰다. 산길로 들어서며 찬찬히 살피며 가는데 매번 지나다니던 고목나무 등걸에서 커다란 말벌들이 붕붕거렸다. 말벌들이 나무에 구멍을 뚫은 것 같지는 않고, 잎자루 병에 걸려 속 빈 나무 밑동에 말벌들이 자리를 잡은 모양이었다. 살그머니 다가가자 말벌 한 마리가 휘익 날아올라 우리는 질겁하며 삼십육계 줄행랑을 쳤다.

말벌에 쏘인 손가락은 얼마 후 다 나았지만, 우리는 말벌을 잊지 못했다. 그 후에도 몇 번 과천 청계산의 그 장소에서 말벌들의 동태를 봐가면서, 이 장면들을 카메라에 담고 이야기를 엮어 재미 삼아 인터넷에 올려보았다. 그게 맹독성이라 무섭다느니 건강에 좋다느니 가지가지 댓글이 스무 개나 붙었다. 다른 피해자가 생길 수도 있으니 시청에 민원을 넣어 처리해야 한다. 말벌들의 서식지를 알려주면, 그 말벌들을 처치하여 주겠다는데 그런 조언들은 결국 말벌을 없애겠다는 것이 아닌가.

현실은 내 마음과는 다르게 가고 있었다. 웬만하면 말벌들은 그 근방에서 사냥을 하며 살고, 우리는 우리대로 그 나무를 살짝 비켜서 지나가면서 서로가 평화롭게 지내고 싶다. 말벌도 조물주의 작품인데 모든 생물은 살아야 할 분명한 이유가 뭔가 있지 않을까. 나는 말벌 집을 우회하여 지나가며 먼발치에서 말벌들의 동정을 늘 살폈다.

쌀쌀한 10월 어느 날, 그 나뭇등걸 주변이 어째 조용했다. 말벌이 보이지 않아 안심하고 가까이 가보니, 나무 밑동의 구멍마다 험하게 긁어낸 칼자국이 보이고 완전히 파괴되었다. 그렇게 기승을 부리던 말벌 떼가 혹시 '말벌 술' 병 속에 축 늘어져 둥둥 떠 있는 걸까. 아, 그런 상상은 상상만으로도 무섭다.

그 사나운 말벌은 왜 그렇게 살아야 하는지 생태가 궁금해졌다. 초봄에 여왕벌이 동면에서 깨어나 혼자서 알을 낳아 일벌들을 키우고 6월부터 본격적으로 알만 낳는다. 식구가 폭발적으로 늘어나니 애벌레의 먹이 수요 때문에 일벌들이 필사적으로 먹이 사냥에 나설 수밖에 없는데, 말벌 한두 마리가 꿀벌들의 벌집을 초토화시켜 단번에 통째로 많은 먹이를 잡아들일 수 있는 것은 꿀벌 550마리분에 맞먹는 독소를 무기로 가지고 있기 때문이다. 결사적인 생존전략으로 살아야 말벌 무리가 세상에 살아남는다. 생명은 살아야 할 이유를 찾아서 이렇게도 살아간다.

맹독으로 기승을 떨던 말벌들의 최후는 어떨까. 9월이면 새 여왕벌과 수벌이 태어나고 새 여왕벌은 교미 후 어미 여왕벌이나 나머지 일벌과 수벌들을 모두 죽인단다. 꽃이 없는 겨울에 모두가 생존할 수 없어 여왕벌 혼자서만 월동에 들어간다니, 자연은 너무나 경제적이고 가혹하지 않은가. 맹렬하게 사나운 수벌도 여왕벌에게는 순순히 죽어 나가는 자연의 질서가 처절하다.

그런데 세상에는 버릴 게 없다. 우리나라에서는 예부터 노봉방주라 불리는 말벌주로 각종 혈관병, 위궤양, 염증, 신경통 등을 치료해왔다. 근래에는 심장의 부정맥 증세에 유효하다는 사실이 밝혀지면서 수년 전부터 일본, 중국에서도 말벌 독이 인기다. 벌독의 펩타이드(peptide) 성분이 화농성 종기를 비롯하여 신경통, 류마치스 등 현대의학에서 어렵다는 질병에 탁월한 치료 효과가 있기 때문이다. 독으로 고통을 받던 인간들이 독을 분리 추출하여 약으로 이용하는 지혜가 놀랍지 않은가. 단번에 많이 쓰면 독이지만 조금씩 쓰면 명약이 된다.

요즘도 산에 갈 때마다 쓰러진 고목나무 등걸이 저만치 있다. 지날 때마다 말벌이 떠올라서 조심스럽게 살펴보는데, 그 큰 둥치가 나날이 썩어 구멍 뚫린 밑동이 부숴져서 가루가 날릴 지경이다. 쓰러진 나무는 비바람이 친 후 균사와 버섯이 피어나고 이끼가 끼고 애벌레가 살면 그것이 어떤 생물에게 먹이가 되고 그렇게 숲을 끊임없이 진화하게 하는 원동력이 될 것이다. 생물들은 자연 안에서 환원되며 스스로 자연의 일부가 된다. 아무런 불평 없이 모든 걸 다 받아들이면서…

(2017)

노래하며 살리라

우리 부부는 둘 다 합창단원이다. 해마다 정기연주회가 있고, 교회에서는 성가대원으로 매주 무대에 선다. 남편은 매일 연습하는데, 아침 식사 후 5분만 여유가 있어도 지나치는 일이 없다. 노래로 하루를 시작하면 종일 개운하고 기분이 좋다고 한다. 그는 남이 노래하는 때에도 툭하면 화음을 넣어준다.

그런데 남편이 육십을 바라보게 되니 노래 목소리가 예전 같지 않다. 감기라도 걸리면 쉰 목소리로도 발성이 되는지, 소리 테스트를 하는데 반음이 내려갈 때는 '비극배우'가 따로 없다. 사람의 몸은 악기나 다름없는데, 그 악기가 탄력을 잃어 늘어진 소리가 난다. 목소리가 건강의 바로미터인 것 같다.

때로는 발성 중에 안 나오는 목소리는 자꾸 질러줘야 한다며 높은음에서 되풀이하는 적도 있는데, 그럴 땐 옆 사람이 듣기에 음악 이전에 차라리 소음이다. 온 집안이 그런 목소리로 가득

차면, 아이들은 아무 생각도 할 수 없다며 방으로 들어가서 문을 꼭 닫는다. 나 역시 듣다 보면 귀청이 고통스러울 때가 많지만, 그래도 음치 가족보다는 백번 낫다는 생각으로 참아준다.

　노래가 심신의 건강에 좋은 이유를 중국 3천 년의 건강비법에도 나온다. "육기법(六氣法)으로 내장에 기(氣)를 가득 채운다 하였는데, 책상다리로 앉아서 숨을 내쉬며 '쉬–' 소리를 내면 간장(肝腸)의 사기(邪氣)를 몰아내고, '허–' 하면 심장, '후–' 하면 비장의 사기를 몰아낸다. 그리고 무릎을 꿇고 앉아서 '스–' 하면 허파의 사기가 나가고, '취–' 하면 신장의 사기가 나간다. 쓸개는 먹은 음식물을 깨끗이 하여 피가 흐려지지 않게 하는데, 엎드려서 '시–' 하고 내쉬면 그곳의 사기가 빠져나간다. '쉬–허–후, 스–취–시'는 몸 상태에 따라서 반복 횟수를 다르게 해야 하며, 반드시 안경, 시계 등의 장신구를 내려놓고 맨발로 해야 효과가 좋다."고 하였다.

　연말이 다가오니 모임에 나갈 일이 많다. 만찬 후에는 으레 여흥이 있고, 여흥에는 노래를 빼놓을 수 없다. 남편은 연습을 해야겠다며 노래방에 가보자고 한다. 골라 놓은 이중창이 하나 있어서다. 테너와 알토로 이중창을 멋들어지게 부르는 것이 그의 목표이다. 그것도 만점을 얻으려고, 정확한 박자와 음정은 물론 감정표현까지 다각도로 신경을 쓴다. 주제가 사랑 노래들이라 손잡고 마주 보랴, 노랫말 외우랴, 앙코르곡까지 하면 시간이 제법 걸린다.

발성부터 시작을 하는데, 우리가 할 노래는 이중창이라 파트 연습이 필요하다. 그는 비록 독수리 타법이지만 열심히 건반을 눌러가며 음을 맞춰본다. 자기만 열심히 하는 게 아니라, 내게도 빠르게, 제 박자로, 감정을 넣어서 등 주문이 쏟아진다. 피차 아마추어 수준인데도, 그의 잔소리가 길어지면 나는 점점 열이 오른다. 피아노 연주도 좀 하는 나로서는 표현법에 다른 의견이 있어 남편에게 말해보지만, 그는 들은 척도 안 한다. 서로 맞춰가며 해야 되는데 그는 나의 감정표현을 문제 삼고, 나는 그의 느린 박자를 지적하다가 결국은 언성이 높아져 중단되기 일쑤다.

회사 일과 달리 노래는 재미로 하는 것인데 그렇게 핏대를 올리며 하다니…. 더구나 사랑의 노래를 이런 분위기에서 하는 것은 어울리지 않는다. 억지로 참다 보면, 나는 몸까지 긴장해서 잘 넘어가던 대목도 안 나온다. 야단을 맞으면서 노래를 계속할 이유가 없다. 바쁘다는 핑계로 한동안 서로 노래 얘기를 꺼내지도 않았다.

모임 날짜가 다가오니 남편이 이중창을 다시 맞춰보자고 한다. 그런데 마침 나는 다른 약속으로 여유 시간이 빠듯했다. 그의 말에 토를 달면 또 길어질 게 뻔하다. 빨리 연습을 끝내기 위해서, 그가 무슨 의견을 내든 그대로 따라주기로 했다. 그랬더니 그는 시종일관 기분 좋은 얼굴이다. 일사천리로 끝내고 나니 아주 평온하다. 너무 평온해서 싱거운 기분이 들 정도로….

때때로 신문이나 방송에서 시국이 편치 않고 어두운 소식을 접할 때는 우리가 지금 천진난만하게 노래나 할 때인가 반성을 한다. 그러다 답답할 때 속만 끓이고 있느니보다 차라리 노래라도 부르고 나면 기분전환이 되어 오히려 문제 해결이 잘되지 않나 싶다.

연말 파티에서 부를 노래는 연습 부족이라며 남편이 내년으로 미루었다. 그러나 합창단에서는 성공리에 찬양발표회를 마쳤다. 앙코르가 쏟아져서 두 곡이나 더 불렀다. 지휘자는 긴장된 표정으로 경쾌하고 조용하게 시작하였고, 우리 모두는 자신만만 하였다. "내가 다시 태어난다 해도 찬양하며 살리라." 화음이 기가 막힌다. 합창 중간에 갑자기 종이가 구겨지듯 지휘자의 얼굴표정이 바뀌더니 눈에 물기가 반짝 어렸다. 나도 완전 똑같은 심정이었다.

합창이 끝나고 우레 박수 속에 인사를 하면서 지휘자는 연신 손수건으로 얼굴을 문대었다. 둘러보니 단원들 중에도 눈이 붉게 된 사람이 많다. 서로의 공감대를 확인하는 순간이다.

합창단이나 성가대에서 노래 연습이 잘 된 날엔 마음속까지 아름다운 화음으로 채워진다. 기분이 좋아 온몸이 풍선처럼 둥둥 떠오르면서 집에 온다. 화음이 잘 맞을 때의 기쁨과 감동을 어디다 비길 수 있을까. 오래된 합창단일수록 화음이 잘 맞는 것은 연습도 문제지만 서로의 마음도 음과 함께 잘 어울리기 때문이 아닐까. 부부간에도 마찬가지일 것이다. 그런 성취감 때문에 계속 노래하며 살아갈 수밖에 없다.

내가 이 세상에 다시 태어난다 해도, 또 이렇게 노래하며 살리라.

(1994)

거기 산이 있더라

산을 마주하면 호기심이 일고, 내 발로 직접 걸어보고 싶어진다. 산에 올라 아스라이 멀어진 시내를 내려다보면서 아옹다옹 살던 속세를 떠올리면 왠지 대범해져서 마음이 안정되곤 했다. 신혼 때 살던 미국에선 아무리 둘러보아도 지평선이 눈에 들어올 뿐, 산이라고는 없는 도시에서 6년 내내 낯설었다. 그래서 더 산을 볼 때마다 고맙다.

삼십 대에 과천에 이사한 후 이십여 년간 주로 관악산에 다녔다. 아이들을 학교에 보내고 9시에 관악산 입구에서 친구들을 만나, 삼삼오오 산에 오르며 이야기꽃을 피우고 거북바위를 지날 땐 한 번씩 쓰다듬기도 하면서 산 중턱의 약수터까지 올랐다. 온통 바위투성이 산이라 그런지 관악산 약수 맛은 대단치 않지만, 허위허위 산을 타다가 만나는 물이라 매번 그렇게 반가울 수가 없다.

잠시 쉬었다가 가끔씩 가파른 길을 따라 오르면 암자가 나온다. 연주암 약수터는 물맛이 좋다. 그렇게 높은 곳에 있는데 어찌 그리 물도 많은지 이상하다. 연주암은 기도발이 세기로 유명해서 올라가면서 생각했던 기도 제목을 풀어 놓으니 내려올 때마다 기분이 가볍고 좋았다. 산에 다녀오면 힐링이 된다.

남편이 개인사업을 시작하니 나의 관악산 신선놀음도 끝이 났다. 내가 신입사원으로 출근을 하는데, 사업 초기라서 일이 많았고 의견도 다를 때가 많아 스트레스가 자꾸만 쌓여갔다. 한동안 산에도 못 가다가 건강 관리상 주말에라도 등산을 다니자고 하는 남편의 말에 기분 좋게 따라나섰다.

그런데 둘이서만 등산을 가보니 친구들과 함께 다닐 때와는 딴판이었다. 그는 산에 가서도 일 얘기만 했다. 일에 서투른 나는 힐링은커녕 스트레스만 받았다. 대화의 정서가 안 맞고 웃자고 하는 말이 오해를 부르기도 했다. 내가 등산을 접고 국선도 수련원에 등록하자 남편은 혼자서 등산을 다녔다. 한동안 그렇게 흘러갔다.

시간이 약이 되었나 보다. 해가 바뀌고 나니 사업에 진도가 나가선지 분위기가 나아져 가끔씩 등산도 함께 갔다. 남편이 고교동기 산우회원이라 삼십여 명이 매월 산에 다녔다. 주로 서울 근교로 등반을 다니지만 봄가을로 원정 산행을 하고 연 1회 해외 등반을 갔다. 나도 그중에 꼽사리 여학생회원으로 끼어 2십여 년 함께 다녔다.

간식으로 단골 메뉴는 계란말이와 과실주. 초록 시금치와 빨간 당근을 넣어 색색으로 돌돌 말았더니 예술적인 '과천미술관 계란말이'라며 환영을 받았다. 계란이 귀했던 옛날에 엄마가 아들에게 해주었던 사랑반찬의 추억을 불러일으켰을까. 손이 많이 가는 요리였지만 그들의 환호작약하는 모습에 내가 더 감동을 받아 매번 힘든 줄 몰랐다.

산우회 덕에 나는 국내 좋다는 산들은 못 가본 데가 없을 정도이다. 중국의 오악인 태산, 화산, 형산, 항산, 숭산은 물론, 유명하다는 산은 거의 다녀왔으니 말로만 듣던 절경을 수없이 구경한 셈이다. 장가계도 좋았지만, 심심유곡에 귀곡잔도가 널려있는 태항산맥이나 중국을 통일한 황제들이 자기 존재를 만천하에 과시하고 옥황상제께 제례를 올렸던 태산 꼭대기까지 1만 2천 개의 잘생긴 돌층계를 올라갔던 기억이 새롭다.

사람들이 산에 오르는 이유는 낯선 매력을 찾으려는 바람, 탐험의 욕구 때문이라고 하고, 자아 성취감을 위해, 내 삶의 진실을 느끼기 위해, 또는 힐링을 위해서라고도 한다. '산이 거기 있어서.'라는 단순한 이유도 있을 것이다.

등산을 평일에 다니니 산길이 쾌적하여 노래를 부르기에 안

성맞춤이다. 이중창으로 화음이 잘 맞으면 때때로 산새도 화음을 넣어주니 가슴이 뿌듯해진다. 계절 따라 수시로 얼굴을 바꾸는 숲이 볼 때마다 새로워 멋진 소재가 나타나면 경쟁적으로 카메라에 담으며 작품 만들기에 열중한다. 집에서 사진을 정리해 보면 똑같은 사진이 많아 좀 어이없을 때도 있지만 건망증 덕분에 새롭게 본다는 것은 세상이 지루하지 않다는 뜻이니 괜찮다. 앨범을 볼 때마다 마음이 즐겁다.

한때는 험한 등반이 좋더니, 이제는 동네 뒷산 청계산 자락의 매력에 차츰 빠져든다. 바위가 많은 관악산이 남성적이라면 흙산인 청계산은 여성적이다. 초입부터 좔좔 흐르는 시냇물을 건너면, 진달래와 산벚꽃이 만발하다가 신록 사이로 각종 풀벌레가 뛰어다니고 산새들과 뻐꾸기 소리가 반겨준다. 장마철이 지나면 우후죽순같이 갑자기 솟아오르는 색색의 버섯들이 너무나 경이롭다. 결실의 계절에는 땅바닥에 널려 있는 밤을 주워 배낭에, 주머니까지 불룩하게 넣어오는 재미도 쏠쏠하다. 옥녀봉이나 우면산에서 완만한 길을 오르다 보면 과천을 빠져나가 서울로 가게 되니 그것도 덤이다. 산은 끊임없는 나의 호기심을 충족시켜 준다.

데이빗 소로는 걷기가 '도'를 찾아 나서는 여정이라 했고, 사르트르는 사람이 걸을 수 있는 만큼 존재한다고 했던가. 루소는 걸음을 멈추면 생각도 멈추고 걸을 때만 명상을 할 수 있다고 〈고백록〉에서 말했다. 나는 걸으며 자연과 나누는 대화에서 남다른 감동과 지혜를 얻고 건강도 따라온다고 느낀다.

호기심은 뇌를 끝까지 작동시키는 스위치라는데, 매일 다니는 길을 산책하더라도 평소와 달라진 게 무엇인지 관찰하며 새로운 것을 접하고 다니니 어찌 즐겁지 않으리오.

(2022)

3

7일간의
만남

어머니의 골방

"아니, 뭘 또 사셨어요?"

"알 거 없다."

"아유, 또 고향사람들 선물이군요."

팔순을 넘긴 어머니가 오늘도 꾸러미를 들고 골방에 들어간다. 남북통일이 되면 고향 조카들에게 준다며 옷가지니 살림을 모으고 계시는 것이다.

부모님은 이북에 있는 고향을 떠나온 지 육십 년이 넘는다. 노경에 이르면서 고향 사람 모임을 기다리는 것이 큰 즐거움인데, 갈 수 없는 고향이라 고향사람을 만나는 일이 그렇게 애틋할 수가 없다. 그래서 아버지 생신이면 고향 분들을 초청해서 잔치를 한다. 팔순을 넘긴 분들로, 어린 시절의 고향 이야기에 시간 가는 줄 모른다. 결론은 항상 통일이 언제 될 것인가, 고향에 가보면 무엇이 어떻게 달라져 있을까 등이다. 통일이 될 때까지 살아서 고향에 꼭 가보자고 입을 모으신다.

백번도 더 들은 내용이다. 그래도 어르신들은 새로운 화제라도 되는 양 매번 열띤 분위기로 이야기한다. 그 열기는 흔히 하는 시사토론이나 심각한 인생토론 같은 때의 열기와는 다르게 뭔가가 있다. 약주라도 하신 날이면 얼굴이 발그레 상기되어 안색도 젊어진다. 옛일이 새로워 서로가 먼저 말씀하시려 하고, 평소에 말이 없던 분도 추억담이 나오고, 모두가 주의를 집중하여 한 마음이 된다. 이런 모임이 그나마 세상을 뜨는 분 때문에 점점 모임 규모가 작아지니 안타까운 일이다.

해마다 명절이면 귀성객이 대이동하는 화면을 TV에서 본다. 교통이 막혀서 남들이 고생하는 장면을 구경하면서, 찾아갈 고향이 있는 그들이 부럽다고 눈물지으실 부모님 생각을 한다. 그러면서 떠오르는 것이 회귀성이 강한 연어나 철새들의 모습이다.

학창 시절 친구들이 고향에 다녀온 자랑을 하면, 나는 매번 화제가 궁했다. 집에 와서 투정을 부린 적이 있는데, 어머니는 우리가 왜 고향이 없느냐면서, 동해의 맑은 물과 해당화 만발한 모래밭 등 이북에 두고 온 고향 얘기를 들려주었다.

해마다 고향 사람들의 군민회 나들이에 온 가족이 함께 가곤 했다. 어느 핸가 처음 보는 노인 한 분이 내 손을 덥석 잡으며

"○○이 딸이지? 너의 할머니가 이렇게 큰 너를 보지 못하는구나."라면서 눈물이 글썽하였다. 나는 모르는 할머니 품에 안겨, 본 적도 없는 나의 할머니 모습을 막연하게 그려보곤 했다. 어느 해에는 비가 와서 야유회 대신에 체육관에 모여 돗자리를 펴고 고기를 구워 먹었다. 많은 사람이 서로들 회포를 푸느라고 분주한데 심한 함경남도 사투리로 체육관이 떠나가는 줄 알았다. 그런 속에서 사투리가 외국어같이 들려 나는 혼자 이방인 같기도 했다.

실향민인 우리 집은 설날이면 쓸쓸하다. 친척이 없으니 식구끼리 차례를 지내면서, 할머니의 연세를 어림해 보곤 한다. 나는 이모가 다섯에 외삼촌이 둘이라 고모와 작은아버지, 사촌들까지 통일 후 다 모이면 대가족이 부럽지 않단다. 곡식이니 해산물도 물리도록 실컷 먹었을 것이라고 했다. 하지만 지금은 이산가족이니 그림의 떡 같은 친척들이다.

어느 날, 우리 부모님에게도 흥분시키는 일이 일어났다. 미국에 사는 셋째아버지가 이북에 있는 고모와 조카들의 주소를 전해온 것이다. 미국을 통한 편지 왕래로 오래전에 돌아가신 할머니, 이듬해에 병으로 세상을 떴다는 둘째 작은아버지의 소식을 알았고, 언젠가 큰아들이 고향에 오면 산소에 흙이라도 한 줌 뿌리게 하라던 할머니의 유언도 전해 들었다.

아버지의 향수는 이루 다 말할 수가 없다. 57년 전 11살 때 마지막으로 보았던 여동생의 편지를 읽고, 또 읽고, 엄지손톱만 한 할머니의 사진은 실제 크기로 확대 복사하여 액자에 끼워놓았다. 시집간 딸들에게도 그 사진을 주시면서 벽에 걸어놓으라고 한다. 그러면서 할머니 본 느낌을 말해보라고 하였다.

신세대인 동생이 아무런 느낌도 없다고 하니 입을 꾹 다무신 아버지는 말씀이 없으시다. 처음 보는 길고 여윈 얼굴, 근심 어린 눈빛, 깊이 패인 주름… 사실은 내가 상상하던 할머니의 모습과도 다르다. 그러나 아버지 마음을 짐작하는 나는 말을 못하고 보고만 있다. 실망하실까 봐 걱정이 되면서도, 한편으로는 속마음의 일부를 들킨 것 같은 기분이기도 하다. 할머니는 아버지의 고향이었던 것이지 나의 고향은 아니었나 보다.

고향이란 태어나서 자란 곳이고 조상 때부터 대대로 살아온 곳이라 하지만, 우리네 그것은 정으로 얽혀 남다를 데가 있다. 나는 여태까지 아버지의 고향, 시골 땅을 내 고향으로 알고 그리워하였던 것이다. 그러나 그 고향은 항상 꿈같이 그림같이 희미하게 내 주위를 맴돌 뿐 한 번도 위로가 된 적이 없었다. 항상 그립고 가보고 싶고, 답답할 때 찾아가는 곳, 위로받을 수 있는 곳 – 바로 내 부모님이 나의 고향이었다.

어머니는 이산가족 찾기를 신청하신 지 오랜데 아직도 연락이 오기만을 기다린다. 생각나실 때마다 내게 같이 동행해 줄 것을 재차 확인하신다. 통일이 되면 이북의 조카들에게 줄 옷가지며 살림살이를 10년이 넘도록 계속 어머니의 골방 한쪽에 모으신다. 나날이 그런 물건들이 쌓이는 것을 보면, 어머니의 고향이 멀어져 가는 세월이 야속하다.

(2004)

7일간의 만남

　친정 숙부님께서 가족과 함께 한국 여행을 오실 거라는 연락
이 왔다. 이십 대에 한국을 떠난 숙부님께서 미국생활 오십여
년. 사십 대 자녀들과 이 년 전부터 계획을 세우셨단다. 일행
7명의 여행 목적은 두 가지, 병환 중인 형님 상봉과 조상 뿌리
의 나라 한국을 구경하고 '정신'을 느껴보는 거라고 한다.

　나는 '한국의 정신'이라는 말에 조금 부담감을 느꼈다. '정신'
을 볼 수가 있나, 만질 수가 있나, 주어진 이레 동안에 느끼게
할 수는 있을까. 조상들의 과거의 발자취와 현재의 모습을 보여
주려니 데려갈 곳이 너무나 많다. 국립박물관, 궁궐, 민속촌은
기본. 그리고 전통 결혼식, 국악공연, 인사동, 남대문시장, 청
계천, 땅굴, 판문점 그리고 경주, 하회마을까지 넣어 계획을 짰
다.

　그런데 동생들이 모두가 손사래를 치면서 7일 동안에 거길

다 가보려면 과로사가 염려된단다. 가족 만찬과 동네 산책은 언제냐고 한다. 그렇다. 조상의 살아있는 뿌리가 결국에는 큰아버지이고 그 친척들이다.

사촌들이 도착한 첫날, 만찬 모임에 친척들 이십여 명이 만났다. 사진에서만 보던 친척들과 서로 얼싸안고 환호를 하며 시끌벅적하게 인사를 나누었다. 미국 식구들은 활짝 웃음을 날리며 산타같이 우리 각자에게 선물을 건넸다. 오랜만에 친척들과 인사를 나누고 나니 서로가 삼삼오오 호구조사하듯 두고 온 식구들 얘기니 직업이니 이것저것 물으며 궁금증부터 풀고 싶다.

첫눈에 우리는 외모, 웃는 모습, 분위기 등에서 서로가 닮은 점을 발견한다. 가슴에 감동이 밀려든다. 모르던 정까지 보시시 피어나는 순간들이다. 사촌들이 냉면이니 김치 등 한식요리들을 아주 잘 먹어서 친근감이 들었다. 영어가 되든 안 되든 뭔가 대화를 나누고 있으니, 서로가 얼굴을 마주 보고 만난다는 건 참 대단한 일이라는 생각이 든다.

관광으로 박물관이니 궁궐을 돌아보고 민속박물관에서 서민들의 생활 모습을 본다. 판문점과 땅굴을 보고 오더니 6·25전쟁의 실제며 이북에 대해 새로운 시각을 갖게 되었단다. 국악공연, 전통 결혼식 등을 보면서 모든 과정의 의미가 아름답고 흥미롭다고 한다. 남대문시장에선 인파에 휩쓸려 다니면서도 숙부님은 50여 년 전에 자신이 그 앞으로 통근하던 옛이야기를 아들에게 해주신다. 아들에게 해줄 이야기가 있는 아버지의 행복한 표정에 잔잔한 감동이 인다.

관광 중에는 영어로 설명하려니 내가 역사 지식이 있어도 시원스런 전달이 힘들다. 사촌들은 질문도 많다. 그들은 한국어를 전혀 못하고 나는 영어가 서툴지만 되건 안 되건 열심히 설명해 보는데 가끔씩 의사가 잘 통할 때 사촌들이 손뼉 치며 호응을 해주면 힘을 얻는다. 박수가 좋은 보약이다.

다음 날 아침. 사촌 수잔이 밤새 흑변을 보았다며 삼성병원 국제진료소 응급실에 실려 갔다. 나도 부리나케 병원으로 달려 갔다. 수잔이 나이답지 않게 눈물까지 찔끔거리니 나는 왠지 미안하다. 초행길인 한국의 인상이 흐려질까 봐 신경이 쓰인다.

의사는 위장에서 출혈 중이라며 수술을 권한다. 나는 병원가이드가 되어 환자와 병원 측의 의사소통을 돕느라 동분서주했다. 남동생 스티브는 노트북을 펼쳐놓고 웹에서 뉴욕의 동료 의사들의 조언을 받아 가며 병상을 지켰고, 한편으로는 미국으로 몇 군데 통화하더니 보험처리까지 일사천리로 해결했다. 국제진료소답게 웹 진행도 원활했다. 다행히 다음날 저녁에 환자는 퇴원하였다. 미국 식구들은 영국에서 받았던 치료보다 신속하고 수준이 높아 비교가 된다며 한국의 의료기술과 시설 발전에 놀랬다고 자기들끼리 이야기를 했다.

마지막 일정은 민속촌이다. 주말이라 친척이 스물두 명이나 모였다. 미국 손님들 덕에 친정 가족들까지 여유 있게 단합 대회를 하는 셈이다. 미국 식구들도 처음으로 일주일 같이 먹고 같이 다니고 하니 역사에 남을 일이라고 한다. 우리는 아이들과 각종 공방을 하나하나 둘러보면서 조상들의 생활을 엿보고 그 집에서 살았던 사람들의 마음과 생각을 상상해보며 서양과는 다른 건축구조와 재료에 대해 이야기를 나누었다. 다양한 견문이 펼쳐져 흥미진진한 시간이 되었다.

장터에 오니 빈대떡, 파전, 식혜, 동동주…. 이것저것 잔뜩 시켜놓고 주위를 둘러보며 또 이야기판이 벌어진다. 볼 것이 남았는데 해도 해도 끝없는 대화로 모두들 일어날 생각을 안 한다. 나는 이들이 또 언제 다시 올 수 있을까 싶어 많이 보여주려고 서둘렀지만, 이십여 명의 걸음들이 내 뜻대로 잘 따라주지 않는다. 동생들은 큰언니가 너무 애쓰지 말라며 어차피 아는 만큼만 보이는 거라며 그냥 자연스럽게 놀며 쉬며 다니자고 했다.

지나간 일주일이 짧았다 할지 길었다 할지 만감이 교차한다. 계획을 세우고 준비하느라 한 달이 걸렸는데 어느새 다 지나가 버렸다. 어울려 다니면서 얘기도 많이 했고 그새 정도 좀 쌓인 것 같다. 친척이라 그런지 얼굴이나 웃는 모습 또는 사고방식

같은 게 어딘가 비슷하게 느껴졌다고 속마음을 토로하며 손을 잡았다.

땅거미가 지기 시작하고 이별 만찬이 시작되었다. 불고기와 냉면, 김치를 잘 먹는 사촌들이 대견스럽다. 식사가 끝났는데 또 끝을 모르는 이야기판이 벌어져 친정집으로 다시 자리를 옮겼다. 나는 옛날 사진들을 보여주며 조상들, 이북 친척들, 그리고 중국에 가서 만났던 고모님 얘기를 시작했고, 숙부님은 전통적인 제사 대신에 기독교식 추모 예배로 바꾼 것에 대한 의견을 말씀하셨다. 서로가 언제 또 만나랴 싶어 속마음이 다 나온다. 삼삼오오 모두가 이야기 나누기에 열중하여 밤 11시가 지난 줄도 모른다. 일어설 수밖에 없는 시간이 되자 이십여 명 서로의 분위기가 일제히 안녕의 인사, 감사의 말, 악수, 포옹으로 몰아쳤다.

"내 평생의 꿈을 이루어준 모두가 정말 고맙구나. 사실은 내 생전에 내 집 안방에서 모두가 이렇게 만날 날이 있을 줄 몰랐다."라는 아버지 말씀에 모두가 숙연해졌다. 보행도 어렵고 체중이 별로 남지 않으신 아버지의 초췌한 눈시울이 축축해지셨고 우리 또한 목이 멘다.

조상의 뿌리를 찾아 초행길 이역만리를 찾아온 사촌들이 너무나 대견하다. 7일간의 만남으로 한국의 정신이 이들에게 얼마나 스며들었는지 알 수는 없으나 뭔가 처음보다 많이 달라진 것을 느낀다. 피붙이라는 느낌, 피는 물보다 진하다는 실감이 피부로 온다. 반드시 통일이 되어 이들과 손잡고 조상들의 고향 땅을 밟아보고 싶다. 헤어지고 나면 너무나 보고 싶을 것이다.

팔십 연세의 숙부님. 그리고 초면이었던 사촌들….

우리가 언제 다시 만날 수 있을까.

(2008)

마음은 새가 되어

해마다 명절이면 귀향 행렬을 보게 된다. 교통대란으로 정체가 심해도 그들의 표정은 밝기만 하다. 이북 고향을 떠나 삼팔선을 넘은 지 55년, 고향이 있어도 가볼 수 없는 부모님은 그런 광경을 보실 때마다 한숨이 절로 나온다.

장손이셨던 아버지께서는 서울에서 직장을 얻고 신혼살림을 꾸린 지 얼마 안 되어 삼팔선 왕래가 막혀 버렸다. 그렇게 세월이 흘러갔어도 장손이신 아버지께서는 보살펴드릴 수 없는 삼팔선 저 너머의 어머니와 동생들의 안부가 절절하다. 이산가족 상봉 기회를 얻고자 신청서를 해마다 내보지만 뜻대로 이루어지지 않았다.

"내 생전에 통일이 될까?"

툭하면 물으시는 말씀이다. 2003년 12월에 아버지는 이북에 사는 여동생과 조카를 중국에서 만날 계획을 세웠다며 내게 동행을 원하셨다. 팔십 노인 아버지는 파킨슨병 치료 중이어서 가벼운 산책 외에는 외출을 삼가했는데, 그 멀고 험한 나들이를 결정하셨다니 의외다. 추위와 건강을 이유로 가족 모두가 만류했지만, "너희는 내 맘을 모른다."라며 단호하시다. 목적은 두 가지, 헤어질 때 11세였던 여동생을 만나보고, 작은아버지의 장남인 큰조카를 만나 손잡고 "너는 나의 양자이다." 하며 뭔가 물려주고 싶은 것이 있다. 그리고 내일을 모르는 노인의 건강이니 더 이상 미룰 수도 없다고 하신다. 아버지의 마음을 아는 나는 간호사 겸 가이드로 따라나서기로 했다.

우리는 카메라니 시계니 북쪽 친척들이 요구한 여러 가지 선물을 들고 우여곡절 끝에 떠나게 되었다. 남북으로 헤어져 살던 오누이가 55년 만에 서로의 국경선을 넘어 중국에서 만날 것이다. 아버지는 휴대용 소변통을 가리키며 그걸 쓰든 안 쓰든 옆에 있어 맘이 편하다고 하신다. 나는 여권이니 돈 가방에 짐까지 책임지고 있어서 내내 신경이 쓰인다. 비행기를 타고서 우리 모두는 무사 귀환을 빌었다.

장춘에 도착하여 밖으로 나오니 뺨이 쩍 갈라지는 소리가 나며 냉기가 심상치 않다. 어제는 영하 40도였다 한다. 입국 수속을 마치고 들어가니 아버지 이름을 적은 피켓을 든 여자가 다가왔다. 그녀는 민박집 주인 황 여사라고 했다. 승용차 앞 좌석에 기사와 황 여사가 앉고 뒷좌석에 부모님과 내가 앉았다. 생면부지의 남녀를 만나, 장백으로 가려고 공항을 벗어나 도시를 지나고 인적이 드문 숲길을 달리며 어둠이 짙어간다. 길도 나무도 어디나 새하얀 눈의 나라에 들어왔다.

장춘시를 벗어나니 눈 쌓인 고속도로, 그 뒤로는 주로 산길로 인적이 드물다. 백두산이 가까워지면서 칠흑같이 어두운 밤인데, 가도 가도 첩첩 산길이다. 여우고개 같은 곳도 나오고 호랑이까지 나올 것 같다. 아버지는 요즘 중국의 근황이니 주변이야기로 대화를 끌어가시는데, 어머니와 나는 최고조에 달한 긴장감으로 아무 말에도 끼어들 여유가 없었다. 어머니는 고모에게 줄 큰 선물을 지니고 계시니까 불안하신가 보다. 갑자기 이 사람들이 차를 세우고 "있는 돈 다 내놓아라." 하면서 돈을 뺏고 아무 데나 우리를 버린다면, 우리는 쥐도 새도 모르게 길에서 그냥 얼어 죽게 생겼다. 어쩌다가 우리가 여기까지 오게 되었는지, 고모를 만나면 무슨 말부터 할지, 고모를 만나 대화 중에 충격을 받아 부모님께서 쓰러지기라도 하면 어떻게 돌아올 수 있을지…. 별별 상상에 말똥말똥 눈을 뜨고, 편치 않은 마음으로 컴컴한 창밖을 응시하며 달리고 또 달린다. 고속도로의 톨게이트를 열두 개도 더 지났다.

"따르릉…." 갑자기 황 여사의 핸드폰이 울렸다. 곧 장백이라고 한다. 새벽부터 달려온 길고 긴 여정의 끝이다. 가로등도 없는 깜깜한 저녁 8시에 주택가 골목길에서 자동차가 멈추었다. 판자로 만든 대문을 밀고 마당으로 들어섰다. 이제 현관문이 열리면 고모를 보게 될 것이다. 가슴이 두 방망이를 친다. 문을 열고 안쪽에 두꺼운 장막을 들추고 아버지를 뒤따라 들어갔다.

"경자야."

"오빠."

두 분이 마주 보고 섰는데, 아버지의 얼굴이 애써 웃으려다가 구겨지고 눈에 물기가 서린다. 어머니도 눈물을 보이지 않겠다고 결심했다더니 어쩔 수 없나 보다. 서로 손을 잡은 채 한동안 말도 못 하고 눈물만 흘리신다.

고모가 아버지 손을 붙잡고 방으로 이끈다. 아버지가 만나고 싶은 큰조카는 사정이 있어 못 왔다고 한다. 할 얘기가 서로 많으니 연신 묻고 대답하는 옆에서 나는 사진을 찍으며 머릿속에는 대화 내용을 기록하는 녹음기를 돌린다. 첫눈에는 앞니가 두 개나 빠진 노파 얼굴인 고모가 낯설었는데, 찬찬히 보니까 고모 얼굴 속에 아버지의 얼굴이 들어있다. 말소리와 웃는 소리는 어찌 그렇게도 내 동생과 똑같을까. 피를 나눈 가족이라는 걸 숨기려야 숨길 수가 없겠다. 공항에서 황 여사가 아버지를 보자마자 고모와 너무나 닮은 모습에 금방 알아보았다고 한 말이 이해가 된다.

우리는 그 민박집에서 2박 3일간 함께 묵었다. 새벽 두 시가 넘도록 이야기를 나누다가 잠을 청했지만 누워서도 이야기는 이어졌다. 고모, 아버지, 어머니, 나 순으로 나란히 누웠는데, 다들 흥분과 피곤으로 잠이 올 리 없다.

고모는 "사진으로 보던 오빠의 모습과 실물이 많이 다르다. 이렇게 불편한 몸인 줄 몰랐다. 내가 도움을 주어야 하는데 도리어 만나러 오라, 뭘 보내 달라, 당치않은 부탁을 했다. 이제 다시는 그런 일이 없을 것이다."라고 한다. 자기같이 보잘것없는 사람을 보려고 그 먼 데서 이 불편한 몸을 이끌고 왔다면서 연신 목멘 소리로 되뇐다. 11세 소녀가 칠순 노파로 변했으니 어이가 없기는 아버지도 매한가지이다. 아버지는 잠결에 고모가 아버지 손을 꼭 잡더라고 후에 말씀하셨다.

둘째 날도 셋째 날도 우리는 온종일 한자리에 앉아서 밥 먹고 얘기하고, 또 밥 먹고 얘기하고 시간도 잊었다. 지주들의 수난 시대로 친척들이 거의 수용소에 갔는데, 젊은이들은 돌아오지 않고 할머니만 7년 만에 풀려 나온 일, 할머니가 돌아가시며 통일 후에 큰아들이 오면 산소에 흙이나 한 줌 뿌려 달라 유언하셨던 일…. 이야기는 끝이 없다. 여동생을 잘 거둬주지 못해 평생 마음이 쓰이던 아버지는 가슴 저린 얼굴이다. 친척, 친구,

사촌의 이름을 대며 하나하나 소식을 물으며 지나간 오십여 년의 인생 진도를 서로 조정해 나간다.

그런데 새벽녘 잠결에 아버지의 숨소리가 심상치 않다. 숨 가쁘게 초읽기 호흡을 하신다. 나는 잠이 벌떡 깨어 아버지를 붙잡고 손이니 가슴을 마사지하는데 갑자기 아버지가 외마디 소리를 지르며 팔꿈치로 나를 밀친다. 나는 아버지를 흔들며 무슨 꿈을 꾸셨느냐고 물으니 커다란 짐승이 덮쳐 눌러서 물리쳤다 한다. 고모와 아버지의 사이에서 웅크리고 있던 장애물이 아니었을까. 휴~. 나는 절로 기도가 나왔다.

고모는 며칠간 놀고먹는 것이 이렇게 힘든 일인 줄 몰랐다 한다. 나는 귓갓길이 편하시라고 노인들 모두에게 지압을 해드렸다. 고모에게는 평생에 한 번 해드리는 서비스라 정성을 다했다.

떠나기 전날 밤엔 마음들이 착잡했다. 엄마가 갑자기 고모의 팔뚝을 당기며 "고모, 우리 따라 한국 갑시다." 한다. 그 순간에는 뭔가 길이 있을 것 같고, 어떤 어려운 일이 있어도 꼭 모시고 같이 가고 싶었다. 고모는 흠칫 놀라며 도리를 치신다. 나이 칠십에 무슨 호강을 하겠다고 자기 자녀들을 떠나겠느냐 한다. 순간, 우리 마음속에도 지리적인 경계선과 똑같은 국경선이 있음을 느꼈다.

2박 3일의 상봉 시간이 너무나 짧다. 저녁이라 이제는 떠나보낼 시간이다. 만날 수 있었다는 사실이 꿈만 같은데, 헤어져야 한다니 가슴이 응어리져 꽉 막혀온다. 우리가 다시 만날 수 있을까? 상봉이 엊그제였는데 이제는 영영 볼 수 없을지도 모른다. 아니 못 보게 될 것이다. 그러나 서로가 말은 이렇게 한다.

　"빨리 통일되어 다시 만나자."

　"이젠 오빠의 건강만 챙기고 오래오래 사세요. 이제 다시는 물건 보내달라는 편지는 안 할 겁니다."

　서로가 계속 손을 흔들고, 껴안고, 악수하고…, 했던 말을 또 하고 또 한다. 양자 되어 장손인 큰조카를 만나지 못한 아버지는 편지와 금일봉을 전하며 당부의 말씀을 한다.

　다음날 장백을 떠나면서 고모가 간밤에 건넜다는 국경선, 압록강가에 가보았다. 참, 그것도 강이라고 할 수 있을까. 강변 폭은 이백 미터를 넘지 않는데 새하얗게 눈이 쌓여 꽁꽁 얼어붙은 강변에 숱하게 찍힌 발자국을 보니 건너는 사람들이 적지 않나 보다. 강 건너 저쪽에만 제법 큰 건물 옆에서 군인들이 서 있는데, 소리쳐 부르면 다 쳐다볼 것같이 가깝다. 너무 좁고, 너무 가깝고, 뭐라 말할 수가 없다. 강물의 폭은 3미터 정도, 깊이는 발목부터 허리 정도라는데, 그래도 압록강은 흐른다.

우리 모두는 압록강 변에서 이쪽저쪽 자유로 날아다니는 새들이 부러워 하염없이 바라보았다. 마음은 새가 되어 국경선을 넘은 고모를 따라 고향까지 다녀왔다.

고모를 만난 게 꿈이었나 싶기도 하다. 궁금증을 조금은 풀었지만, 의문점은 더 많이 생겼고 답답함은 더해졌다.

어느새 18년이 훌쩍 지나갔다. 그동안 편지 왕래하던 친척들은 이미 유명을 달리하셨다. 통일이 되어 반드시 고향에 뼈를 묻어달라고 당부하셨던 아버지도 가셨다. 그분들은 국경선이 없는 저세상에서라도 모두 상봉을 하셨을까.

어느 날 갑자기 기적이 일어나서 통일의 그 날이 오는 꿈을 꾸어 본다. 명절에 어머니를 모시고 내가 그들의 산소에 흙이라도 뿌려드릴 날이 올 것이다. 꿈이라도 자꾸 꾸다 보면 현실로 변할지도 모르니까.

(2003)

아들

　명절 아침상이 제법 푸짐하다. 거실에는 시부모님과 4형제 가족이 둘러앉았다. 시부모님은 아들과 손자들에 둘러싸여 연신 함박웃음이시다. 그런데 토란국을 먹던 나는 갑자기 목이 멘다. 대가족과 함께 분주하다가 이제 숨을 돌리고 나니, 친정 부모님이 떠올라서다. 지금쯤 친정에서는 두 분이 차례상을 놓고 절을 하고 계실까, 마주 앉아 아침을 드실까. 딸을 여섯이나 키웠어도 아들이 없다 보니 명절엔 더 썰렁하실 엄마의 얼굴이 떠오른다.

　어릴 적 추석이면 6공주가 둘러앉아 송편을 빚으면서 웃음판이 벌어졌다. 예쁘게 빚어야 잘생긴 신랑을 만난다는 엄마 말씀에 저마다 정성을 기울여 곱게 빚으려고 애를 썼다. 떡이 쪄지면 거의 다 비슷한 모양으로 보였지만 아버지께서는 일일이 "이건 누가 빚은 거냐? 예쁘게 빚었다."라고 칭찬을 해주셨다.

　그러나 지금은 모두 둥지를 떠나서 명절을 같이 지내 줄 자식이 없는 것이다. 엄마는 여든이 넘도록 혼자 시장보고, 혼자 음식 장만을 하셨을 것이다. 아버지께서 옆에 앉아 밤을 까주시고 둘이서 오순도순 옛말하며 차례상을 준비하는 것도 남다른 재미라고 엄마는 말씀하지만, 시댁 일이 먼저니 친정엄마를 전혀 돕지 못하는 내 마음이 죄인같이 송구스러울 뿐이다.

엄마는 셋째 딸을 낳고 고향의 시어머님이 떠올라 제일 많이 죄송했다고 하신다. 내가 초등 6학년 때, 아침에 일어나 보니 새벽부터 산파 아주머니가 오셨다며 안방에 들어가지 말라고 했다. 나는 안방 주위를 맴돌며 오전 내내 귀를 기울이다가 갑자기 들려오는 응애 소리를 듣고 신기했다. 그런데 그날 밤이 되도록 새로 태어난 넷째 동생이 아들인지 딸인지 아무도 말을 하지 않았다.

고1 때 어느 늦은 밤에는 만삭이던 엄마가 입원 가방을 들고 병원엘 같이 가자고 하셨다. 내가 택시를 잡으려고 이리 뛰고 저리 뛰는 동안, 진통이 와서 이를 악물고 계시던 모습에 당황했다. 입원 수속을 해드리고 집에 오니 11시가 넘은 한밤중이었다. 그때 귀가한 아버지는 통금 때문에 병원으로 밤새 전화만 수차례 하셨다. "딸이라고요?" 새벽 세 시에 재차 확인하시던 아버지의 목소리에 내가 잠이 깼었다. 아버지는 새벽에 주섬주섬 낚시 도구들을 챙겨 통금 해제와 함께 나가셨다. 애처가로 소문난 아버지가 병원 대신에 낚시터로 가셔도 나는 왠지 붙잡지도 못했다.

아침을 먹자마자 나는 10살, 6살, 4살 세 동생을 챙겨서 엄마가 계신 성모병원에 데려갔다. 침대가 6개 있는 입원실 문을 여니 갑자기 와르르 웃는 소리가 들리고, 여러 명이 어떤 침대를 둘러싼 모습이 눈에 들어왔다. 그쪽 침대 테이블에는 파인애플 깡통이니 선물 따위가 수북이 쌓여 있었는데, 웃는 사람들은 첫 아들을 얻은 이웃 새댁의 하객들이었다.

그러나 바로 옆 우리 엄마의 테이블은 텅 비었고 방문객이라곤 여고생과 꼬마들. 엄마는 얼마나 우셨는지 눈이 퉁퉁 부어 못 알아볼 정도였다. 나는 왈칵 눈물이 앞을 가려 다가설 수 없었다. 그런 내 모습을 엄마한테 들키기 싫어서, 화장실을 핑계로 동생들만 들여보내고 눈물이 줄줄 흘러 복도에 한참 서 있었다. 한참 후에 들어가 보니 엄마는 어린 딸들을 껴안고 편안해지셨다. 조롱조롱 어린 딸들을 보며 마음이 추슬러진 듯하였다.

어머니는 그 뒤로도 아들을 낳으려고 양밥에도 희망을 걸어보았지만, 마흔이 훌쩍 넘도록 얻은 여섯째도 딸이었다. 결국 마음속에 자리 잡은 커다란 옹이를 해결하지 못한 채 단산을 했다고 생각했지만, 육 자매는 건강하고 멋지게 잘 커갔다. 딸이 하나씩 늘어갈 때마다 아버지는 승진하시거나 큰집으로 이사를 갔고 좋은 일이 이어졌다.

딸들이 어느정도 크고 나서 어머니가 취미생활을 시작하셨다. 뒤늦게 옛 취미를 살려 서예와 동양화에 열중하더니 국내 대회는 물론 국제 대회에까지 진출하여 수상하고, 부부동반 해외여행도 여러 차례 다녀오셨다.

이렇듯, 남부럽지 않은 잉꼬부부로, 예술가로 여생을 보내고 계시나 팔십 고개를 넘으셔도 마음속 남모르는 옹이는 그대로인 듯하다. 저승에 가면 시어머님 뵐 낯이 없다며 툭하면 한숨을 쉬신다. 누가 뭐래는 사람도 없건만 "하. 면. 된. 다."라고 냉장고에 써 붙이고 딸부잣집 딸들은 보란 듯이 더 잘해야 한다고 항상 채근하셨다.

그즈음 텔레비전의 주부 시간에 "아들, 꼭 있어야 하나."에 대한 토론이 있었는데, 거기서 딸만 셋을 얻은 후에는 임신하면 성감별을 했는데 딸이어서 낙태 수술을 받은 이야기가 나왔다. 수술대에 올라갈 때마다 무섭고 떨려서, 집에 두고 온 딸들을 위해서라도 꼭 살아나가게 해 달라고 매번 기도했다고 한다.

이런 현실 속에서 집안의 대를 잇는 문제와 노후에 의지하는 문제 등, 법적으로 남성들이 기득권을 쥐고 놓지 않으려는 사회에서 딸을 키우는 것은 손해인 양 생각하는 사람들에겐 뭐라고 말을 할까. 평생 노력으로도 아들을 얻지 못한 우리 어머니 같은 이에게도 명쾌한 위로를 드릴 말이 없다.   (1994)

가회동 할머니가 부르신다

"아버지가 어떤 여자를 새엄마라고 데려오면 엄마라고 부르겠냐?" 엄마의 느닷없는 질문에 나는 어안이 벙벙했다. 중1 딸이 갑자기 머리가 멍해져서 주춤하니 재차 다그쳐 물으셨다.

가회동 큰할머니가 젊은 여자를 씨받이로 봐두었다고 아버지에게 알려주러 오신 것을 당시에는 몰랐다. 장손인 조카에게 집안의 대를 이을 아들은 없고 딸만 셋인데, 이북에 계신 친할머니를 생각해도 본인이 나설 수밖에 없다고 총대를 메셨단다. 손녀들이 아무리 똑똑해도 남의 집 식구가 될 뿐인데 키워본들 그게 무슨 소용이냐고 가회동 큰할머니는 항상 뇌이셨다.

당시에 엄마는 아직 30대이시니 출산 능력이 있는데 씨받이라니 억울했다. 아들을 가지려는 염원이 가슴속에 응어리져 뭐든 최선을 다하셨던 엄마. 아버지를 황제같이 받들고, 어린 딸들을 열 아들 부럽지 않게 잘 키우려고 주먹을 불끈 쥐셨다. 그런 중에도 틈틈이 매일 정화수 기도, 터주신 기도는 물론, 기도 발이 세다는 산중의 절에서 툭하면 삼천 배, 백일기도를 다녀오셨다.

엄마가 넷째 딸을 낳자, 큰할머니가 또 아버지에게 가회동에 다녀가라고 하셨단다. 마냥 젊은 줄 아냐고 긴긴 훈계를 하셨다. 집안 어른들이 그냥 손 놓고 있을 수는 없어서, 건넌방에 데려다 놓았으니 씨받이 여자를 당장 만나보라고 하셨다. 극비에 속하는 이런 이야기를 내가 당시에는 알았을 리 없다.

어릴 적 안방 서랍장에서 새끼손가락보다 작은 도끼가 들어 있는 주머니를 본 적이 있었다. 나는 이렇게 앙증맞은 도끼를 어디에 쓸까, 소꿉놀이 장난감 같다고 생각했다. 사실은 몰래 가져온 쐐기를 도끼로 만들어 품고 다니면 아들을 가진다는 양밥을 실행한 것이었다. 어디 그 일뿐이랴. 평생 노력을 어떻게 일일이 열거하랴.

응답을 기다리다 지치면 최선을 다해보기 위해서 여러 주술적인 행위에도 솔깃해진다. 아들을 못 낳아 평생 눈치를 보고 살아야 했던 우리 윗대에서는 '아들 낳는 법'이 그야말로 판을 쳤다. 그중에는 과학적으로 검증이 되지 않은 '썰'들이 난무했지만, 다급한 여인들은 물불을 가릴 처지가 아니었다.

도통하다는 이웃 할머니는 여러 가지 비법을 알려주었다. 아들 낳은 여성의 속곳 훔쳐 입기, 태를 태우는 삼불을 피울 때 바닥에 두른 돌멩이를 가져다 그것을 자리 밑에 넣고 잠들기, 인줄의 고추 빼 먹기, 아들을 많이 둔 집의 작두 고두쇠를 훔쳐다 몸속에 차고 다니면 아들을 잉태한단다. 첫국밥 얻어먹기는 산모가 삼신에게 순산을 감사하고 아이의 무병장수를 기원하는 마음이 담겼기에 영험하다고 여겼다.

동의보감에서 허준은 임신 3개월 이전의 태아는 남녀 구별이 없다고 주장한다. 따라서 특별한 비방을 통해서 남자로 확정시킬 수 있다는 것이다. 고추 모양인 원추리꽃을 몸에 지니고 있기, 활줄 하나를 비단주머니에 넣어 왼팔에 지닌다던가, 수탉의 꼬리깃 셋을 임신한 사람 몰래 자리 밑에 숨긴다는 처방인데, 허황되게 보이지만 아들 갖는 염원을 이루려는 이가 무엇을 마다하랴.

허준이 동의보감을 쓸 때 참조했다는 향약집성방(鄕藥集成方)에 전녀위남법(轉女爲男法)에 관한 처방이 나온다. 잉태한 아이가 여자일 때 남자로 바꾸는 방법으로 임신 3개월 이전에 예부터 내려오는 처방이다. 옛날 의학백과 책에서는 태교도 효과가 있는데 약을 써서 잉태하는 것이 어찌 효과가 없겠느냐고 주장한다. 덕을 본 이가 있었다고는 하지만, 한약으로 아들 출산이 가능하다는 것은 당시에도 비판을 받았다는 기록이 승정원일기에도 나온다.

"책(書經)을 다 믿는다면, 차라리 없느니만 못하다."라고 맹자가 말했지만, 그런 한약을 찾는 이가 있었으니 당시 의원들에게는 짭짤한 돈벌이가 되었으리라. 과학적인가 여부를 떠나 아직까지도 아들 낳는 처방이 일부 한의사들 사이에서 재생산되고 있다는 점은 놀랍다. 첨단 과학의 나라인 미국에서도 임신하면 아들을 가진 부인과 일부러 악수를 많이 한다. 여성 인권이 한국보다 높은 줄 알았는데 남아 선호사상은 동서고금을 막론하고 세계적이다.

일부의 양의사들도 체계적이고 과학적인 근거를 들어 성을 구별해서 낳을 수 있다고 주장한다. 쉽게 접근할 수 있는 방법으로 조약의 일종인데, 남편은 육식, 아내는 채식을 하는 중에 칼슘, 인, 철분의 복합제를 두 달 이상 복용한 후에 배란일을 택하여 아기를 가진다는 것이다. 95% 이상의 성공률이라고 하는데 그 연구 논문은 아직 발표된 게 없다. 어쨌거나 희소식일 수도 있으니 다행스런 일이라 할까.

고대 그리스의 철학자 아리스토텔레스도 원하는 성별의 아이를 낳는 방법에 대해 주장한 바가 있었다고 하니 그 역사가 참으로 길다. 원하는 성별을 선택해서 자녀를 갖고 싶은 바람이 순리에 역행하는 게 아니고 어쩌면 자연스런 것일지도 모르겠다. 성별을 정하는 자연의 법칙 아래에서 인간의 연구나 인간의 행위들은 너무나 작은 몸부림이 아닌가.

어찌 보면 아버지는 미래지향적인 분이셨다. 요즘엔 딸 바보가 늘어나고 외딸을 키우며 단산하는 집도 흔히 본다. 가회동 큰할머니는 끝내 뜻을 이루지 못하셨지만, 아버지는 6공주를 키우며 일편단심으로 단란한 가정을 이루었다. 모두 대학 공부를 시켰고, 둘은 미국과 독일 유학 후 대학 강단에 섰다. 남부럽지 않게 사회활동을 하며 극진한 효녀들이다. 만약 배다른 남동생이 있었다면 6공주들과 어머니가 지금처럼 마음의 상처 없이 잘 지낼 수 있었을까. 아버지 생각이 날 때마다 대단하신 분이셨다고 기쁨과 감사함이 가슴에 몽실몽실 피어오른다.

어머니는 마흔이 넘어 여섯째 딸을 출산 후 단산을 하셨다. 어찌 노력하고 애를 써 봐도 아들 염원을 이루지 못한 어머니는 조상님을 어찌 뵙겠냐고 하신다. 그러나 최선을 다한 것을 세상이 안다. 인간은 대자연 앞에서 겸손할 수밖에 없다. 양밥에 갇힌 사람들은 기적을 원하지만, 그것은 속마음을 어루만져 주는 잠깐의 위안일 뿐이었다.

(2021)

※ 양밥: '주술'의 동해안 사투리로 신에게 기도하여 재앙과 질병을 물리친다는 말이다.

떨켜

약이란 참 신기하다. 파킨슨병 처방 약을 드시면 아버지는 부작용으로 온몸이 부스럼이 돋고 얼굴과 손이 저절로 제각각 움직여서 이상하게 보이지만, 표정은 명랑하시다. 평소의 무표정이 아니라 마치 천진난만한 소년 같다. 가족들은 애써 눈물을 감추고 명랑한 척 맞장구를 쳤다.

팔십 노인 아버지께서 손이 떨리는 증세로 아산종합병원 신경과에 갔는데 일주일간 각종 검사 후, 결국 파킨슨병으로 진단받았다. 권투선수 무하마드 알리나 요한 바오로 교황님도 않으셨던 그 병이다. 도파민 부족 때문인데 아직 궁극적인 발병 원인이 밝혀지지 않은 신경퇴행(退行)성 질환이라 증상치료만 할 뿐 병 자체가 없어지지는 않는다고 한다.

아버지는 하루 세 번 꼬박꼬박 약을 챙겨 드셨다. 가족들은 다른 병원에도 가서 척추 검사든지 한방 처치도 해보자고 권했지만 당신은 당최 귀를 기울이지 않으신다. 그렇게 2년여 지나는 동안 낫기는커녕 나날이 더 힘들어지니 의사는 약 처방을 높여갔다. 4년이 흘러 이제는 환각 환청 증세, 온몸이 계속 따로따로 움직이고 가려운 증세 등 부작용만 나날이 심해져서 의사의 지시대로 재검사를 했다. 그런데 이제 와서 결론이 파킨슨병은 아닌 것 같다며 다른 병원에 가보라는 것이다.

이럴 때 가족들은 어처구니가 없다. 주위에서는 담당의사에게 소송을 제기해야 한다고 했지만 건강은 이미 되돌리기 어려운 걸 어찌하랴. 그제야 아버지도 병원 처방 약을 끊으셨고 약을 끊자마자 부작용은 사라지고 평소의 근엄하고 자애로운 아버지로 돌아왔다. 척추병원, 한방치료도 해봤지만 어느 처방도 다리에는 힘이 안 돌아와 산보조차 어려워지니 우울증으로 자꾸만 절망감이 든다고 하셨다.

차라리 부작용은 참을 수 있어도 우울증은 정말로 참기 어렵다고 아버지께서는 병원 약을 다시 선택했다. 그러더니 얼마 후 심각한 혈뇨가 보이기 시작했다. 가족들은 병원에서 방광벽에 콩을 뿌린 듯이 오돌도돌 돋아난 방광암 사진을 보고 아연실색했다. 우리들은 4년 동안 복용했던 독한 약 때문이라 추측했고, 의사는 한약 때문이라고 했고 결국 암 수술을 받았다.

커피와 고기, 계란은 의사가 금지 식품이라고 처방했지만,

아버지가 이제는 다 가져오라고, 살면 얼마나 더 살겠다고 좋아하지도 않는 채식에 물만 먹으며 가엽게 노후를 보내겠느냐 하셨다. 최선을 다하고 싶은 가족들은 의사의 처방을 따를지 아버지를 기쁘게 해드려야 할지 갈팡질팡했다. 젊을 때 건강관리를 잘해서 당신같이 되지는 말라고 아버지는 자손들에게 누누이 말씀하셨다.

나는 창밖에 지는 낙엽을 보며 새삼스레 생각에 잠긴다. 봄에 나온 새순이 꽃과 열매를 키우고 여름까지 제 몫을 다하면 떨켜가 생겨 물을 차단하게 된다. 초록 잎이 단풍잎 되면 가을바람에 말라서 우수수 떨어져 버린다. 노인이 되면 갈증 신호를 보내는 기능이 없어진다고 하더니 그것이 바로 떨켜 증상 때문이 아닌가.

감옥에서 물만으로 삼천여 명의 병을 고쳤다는 의학박사 뱃맨겔리지는 ≪물, 치료의 핵심이다≫란 책에서 모든 노인병 증상, 천식이나 알레르기 등은 물 부족으로 온다고 했다. 노인이 목마름을 느낄 때는 이미 심각한 탈수증이 왔을 때다. 건강을 해치는 3요소로는 "해야 할 것을 하지 않는 것, 해서는 안 될 것을 하는 것, 제대로 하지 않는 것."이라는데 그것은 식사, 운동, 수면, 호흡, 마음을 '제대로' 관리하는 다섯 가지로 물은 하루 8잔이 필수다.

다 아는 내용이지만 누구나 실천을 제대로 하는 것이 쉽지 않다. 거스를 수 없는 조물주의 뜻이 뭔가 있는 걸까. 그러나 의학이 나날이 발달하는 요즘 학자들이 계속 좋은 약을 연구하고 개발 중에 있으니 낙관적인 생각만 하라는 의사선생님의 말에 기대를 다시 걸어본다.

(2008)

영원한 꼰대는 없다

'꼰대'라는 말이 옛날부터 있기는 했지만, 요즘 들어 그 단어가 자주 들린다. 꼰대가 주인공인 드라마가 있는가 하면 신제품 과자도 '꼰대' '라떼'로 이름 붙이니 잘 팔린단다. 지난해는 한국의 '꼰대'를 영국 BBC에서 그 해의 단어로 소개했다는 해외토픽 뉴스를 보았다.

꼰대의 뜻은 늙은이, 선생, 아버지 즉, 권위주의적인 사고방식을 가진 이들을 비하하는 데 사용하며 타인을 무례하게 하대하는 노년층을 지칭하는 은어다. 꼰대에게는 지나치게 서열 중시, 권위주의, 특권의식 속에서 사는 특징이 있다. 그 특징으로 후배에게 '지적질' '상명하복 강요' '체험담 늘어놓기', 나이가 어리면 '하대', 자기 의견을 반대하면 '못마땅', 그래도 자기는 '꼰대'가 아니라고 주장한다는 얘기이다.

꼰대의 특징을 알아보니 왠지 낯설지 않다. 집안이 조용하고 편안한 것을 목표로 사는 나는 평생 꼰대들을 모시느라 그들의 눈치에 전전긍긍 살았다. 어릴 때는 아버지, 결혼해서는 남편과 아이들, 그리고 시댁 식구들…. 시어른께서는 10남매 중에 둘째시니 친척이 많았다. 꼰대님들은 새며느리를 향해 저벅저벅, 행진이 이어졌다. 그중에도 바로 옆에 있는 사람은 영원한 꼰대라고 할 수 있겠다.

IMF 시대를 만나 어쩔 수 없이 1997년부터 나는 남편이 차린 회사에 신입사원이 되었다. 소프트웨어를 제작하는 조그만 회사에서 소프트웨어 전문가를 모시고 경리와 사무를 본다. 개업식에 오신 분들은 '사장님이 기죽지 않게 하는 것'이 사원의 임무 중 첫째라고 당부를 하였다.

완벽주의 남편은 평소에도 칼날 위에 선 사람같이 신경을 곤두세우고 말없이 일만 한다. 집에서나 사무실에서나 사업 이야기만 하니, 주부 사원인 나는 일상적인 대화를 꺼내 볼 수도 없었다. 어쨌거나 전문적인 일을 담당했고 일이 넘치면 대학원생 알바를 고용했다. 그외 잡다한 업무는 모두 왕초보 사원의 몫이다. 질문을 하면 자기는 바쁘니 어디든 물어서 해결하라 했다. 열등사원은 답답했지만 개업식에서 들었던 당부가 생각나서 내색조차 못했다.

그렇게 사무실 일에 주력하다 보니 회사는 잘 돌아가지만 주부

사원은 집안일이 밀린다. 뇌졸중 후 거동이 불편한 시어머니와 초중고 세 아이를 돌보면서 계속 떨어지는 발등의 불을 끄느라 철을 만난 꿀벌처럼 붕붕거린다.

그렇게 두 해가 지나갔다. 그런데 정신이 들어 주위를 돌아보니, 집안 식구들은 전과 달라진 것이 하나도 없었다. 집에서는 모두가 휴식을 취한다. 주부사원인 내가 휠체어로 어머님을 모셔야 하고, 김치 맛이 달라졌느니 심지어 요즘은 과자도 케이크도 구워주지 않는다고 철없이 불평하는 삼 남매를 거두는 일도 내 몫이다. 아이들이 귀가하면 이야기를 들으면서 잠이 쏟아졌다.

이웃 부인은 자기 생각만 하는 가족 모두가 꼰대 사장에 꼰대 어머니, 꼰대 딸과 꼰대 아들이 아니겠냐고 위로 아닌 위로를 하였다. 나는 열등한 사원에 태만한 주부에 냉정한 엄마 노릇에 기운이 빠질 때면 '이렇게 심약한 사람이었나?' 반성하며 주먹을 불끈 쥐곤 했다.

어느 날 주부사원은 한의원에 갔다가 '화병'이라는 진단을 받았다. 화병은 분출 직전의 화산인데 어쩌나. 창피해서 누구한테 말도 못했다. 그렇게 세월이 흘렀다. 15년째 그해 가을까지 조용하던 주부사원, 척추에서 화산이 터졌다. 좀 늦었으면 전신마비가 올 뻔했다고 의사가 서둘렀다. 식구들은 아프단 말을 들은 적도 없는데 정말 수술을 꼭 해야 되겠냐고 물으니 어이없다. 의사는 내 걸음만 봐도 알던데, 말을 안 했다고 몰랐다니 내가 무지스런 사람이었나. 말 안 하는 병에는 약도 없다.

열흘 만에 퇴원해보니 어머님 방이 비어있다. 꼰대 남편이 말하길 척추 수술은 회복 기간이 긴 병이라는데, 자기가 환자 두 명을 관리할 수 없어 뇌졸중 어머님을 동생에게 모셔가게 했단다. 그는 갑자기 자상한 간병인 모드로 돌변했고, 환자는 허리가 회복될 때까지 힘든 집안일을 면제받았다. 주위에서 모두 내 허리에 신경을 써주니 무수리에서 공주로 승격된 기분이다. 병치레가 무슨 벼슬도 아닌데 환자가 이상하게 점차 꼰대공주같이 목소리가 높아갔다.

수술한 지도 어느덧 십 년이 지났다. 세월을 이기는 장사가 없다고 이제는 남편의 건강이 시원찮다. 약으로 관리 중이지만 나는 환자 위주로 식사와 일상생활을 보살피니 꼰대가 바뀌었다. 아니, 같이 늙어가니 측은지심으로 서로가 어린아이 돌보듯 조심조심 살아간다. 지나고 보니 꼰대들의 행진도 서로가 건강할 때나 마음껏 할 수 있는 것이었다.

세상은 돌고 도니 영원한 꼰대는 없다.

(2021)

무지갯빛 거짓말 주머니들

이웃에 사는 K가 유방암 수술을 해서 서울대병원에 입원을 했다. 병문안을 갔더니 K는 핼쑥한 얼굴로 자기의 입원과 유방암 사실을 동아리 회원들에게는 비밀로 해달라고 신신당부를 했다. 이웃사촌인 K는 나와 함께 독서 동아리 회원으로 그날 이후 비밀 상자는 굳게 잠가졌다. 그런데 퇴원 후 동아리 친구에게 자신이 여름에 유방암 수술을 받았다며 이웃사촌에게서 못 들었냐고 했다는 것이다.

그 말에 나는 황당했다. 그녀의 부탁을 지키느라, 누굴 만나든 K의 안부에 모르쇠로 입술에 철통 자물쇠를 채웠는데, 결국 무심한 이웃이 되어버렸다. 비밀로 해달라는 것이 거짓말이었나, 그렇다고 항암치료 중인 환자에게 거짓말쟁이라고 따질 수도 없고. 나는 조용히 동아리 회원들과 K를 내 집에 초대했고, 모두 반갑게 회포를 풀고 지나갔지만, 환자의 말이란 건강한 사람과 조금 다른 것을 알았다.

이런 일도 있었다. 친구와 안부를 나누다가 그쪽 사부인이 폐암에 걸려 고생한다는 이야기를 했다. 사부인도 친구인지라 함께 병문안을 가자고 했더니 펄쩍 뛰며 절대 비밀이란다. 내 그럴 줄 알았다. 언제라도 빨강이나 파랑으로 변할 수 있는 거짓말에 내가 또 속으랴. 외로움과 우울증이 오기 전에 가봐야 한다고 설득했다. 안 갔더라면 다시 무심한 친구로 될 뻔했다. 그 보랏빛 거짓말.

그런데 티없이 맑은 어린애도 배우지 않은 거짓말을 한다. 막내가 유치원에서 귀가했던 어느 날 현관문을 열었더니 평소와 달리 긴장된 얼굴로 나를 빤히 올려다보았다. "땀이 많이 났어요." 유심히 살펴보니 신발이 젖었다. 나는 웃음이 빵 터졌다. 오줌싸개의 자존심이 머리를 짜낸 거짓말이다. "오줌이 아니고 땀이었으면 좋겠다고 생각했구나?" 했더니 고개를 끄덕인다. 어릴 때는 근육발달이 완성되지 않아 누구나 실수를 한다고 안심시켜 주었다. 사실, 열 살 이전에는 상상과 현실의 문턱도 없어서 분간을 못하는 경우가 많은데, 그 일로 크게 벌하면 다른 부작용이 생길 수 있다고 한다. 그 연둣빛 거짓말.

도서관 특강에 강사로 오신 유명한 소설가의 어린 시절 이야기가 기억에 남는다. 그녀는 초등학교 다닐 때, 쉬는 시간이면 주변 이야기에 상상을 섞어 친구들에게 들려주었더니 인기를 독차지했단다. 그러나 계속되는 친구들의 기대에 연속 낭독을 하려니 말이 막힐 때마다 남모르는 무지갯빛 거짓말 주머니에서 하나씩 꺼내어 솜씨 좋게 엮어냈다고 했다. 상상력과 거짓말은 종이 한 장의 차이일 수 있다. 만약 거짓을 전달하는 것이 불가능하다면 문학작품을 비롯한 수많은 예술의 세계는 존재하지 않을 것이라던 오스카 와일드의 말이 이해가 된다.

"예쁘십니다." "젊어지셨어요." 등은 누구나 하고 있는 사소한 거짓말이다. 때로는 배우자의 자존감을 지켜주기 위해, 또는 사회 생활하며 서로 기분 좋은 관계를 유지하기 위해 알게 모르게 립 서비스를 한다. 사랑하는 연인들 사이에선 화사한 분홍빛 거짓말이 오가기도 한다. 과장된 말인 줄 알면서도 기분이 좋아지기 때문이다. 그래서 상인들도 매출을 올리기 위해 과대광고를 이용하는 듯하다. 분홍빛 거짓말.

어떤 암 환자의 경우에는 병세가 몇 달을 견디기 어렵다는 의사의 진실한 말을 들었을 때 예상보다 더 빨리 죽는 경우가 있다고 한다. 반면, 나을 수 있다고 걱정 말라는 의사의 거짓말에는 희망을 얻어 아예 병을 이겨내는 불가사의한 경우도 보았다. 또한 위약 효과라는 것도 있어서 아주 좋은 약을 구해 왔다면서 약도 아닌 약을 주었지만, 환자의 복통이 말끔하게 사라진 경험을 할 때도 있다. 이런 경우는 지나가라는 파랑 신호 같다. 파랑 빛 거짓말.

독거노인 98세 어머니는 새벽 기상 후 제일 먼저 거울을 보신다. 거울 속 인물과 마주 보며 그날 할 일을 말하고, 이미 이루어진 모습을 상상하며 감사기도로 하루를 시작한다. 성취, 아름다움, 행복, 로맨스 같은 환상을 유지하기 위해서는 그 내용에 부합하는 적절한 자기기만도 필요한 것일까. 그래서인가 항상 명랑하고 젊게 보인다는 말을 듣는다. 그 맑은 하얀빛이다.

심리학자는 그렇게 일부러 스스로에게 거짓 정보를 입력시키는 자기기만(自己欺瞞)이 때로는 자존감을 회복시키고 정신을 건강하게 만든다고 주장한다. 자신감 있는 사람이 의기소침한 사람들보다 더 심하게 자기기만을 하는데, 그 이유는 자존감을 지키면서 미래를 긍정적으로 보기 때문이라는 것이다. 그래서 자신을 잘 방어하는 사람일수록 정신질환을 앓을 가능성은 낮다고 한다. 하얀 거짓말이라 자신이나 남에게 피해를 주지는 않는다.

그러나 금방 탄로 나는 새빨간 거짓말이 황당함을 주고 사기꾼들이 사리사욕을 채우기 위해 꾸미는 뻔뻔한 흑색 거짓말은 누구나 다 알고 있다. 거짓말에는 이렇게 무지갯빛이 있다.

대부분 우리는 자기기만과 거짓말이 판단을 그르칠 수 있고,

타인에게 피해를 주어 사람 사이의 친밀감과 신뢰감을 깨뜨린다고 알고 있다. 그런데도 어떤 어르신은 자신이 거짓말을 안 했기 때문에 대인관계에서 손해를 본 게 많다고 주장한다. 또 어떤 이는 오직 진실만 말해야 한다는 강박에 사로잡히면 인생이 피곤해진다고도 한다.

고지식하고 지혜가 부족해서 판단이 느릿한 나는 툭하면 속아 넘어간다. 특히 감정에 호소할 때는 자주 흔들린다. 거짓말쟁이일수록 자기는 절대 거짓말을 하지 않는다는 거짓말이 난무하는 세상이니 거짓말 탐지기라도 들고 다녀야 할 지경이다. 대화 중에 거짓말을 즉각적으로 알아채는 사람이 부럽기도 하지만, 매사에 의심이 많아지면 행복지수가 떨어진다는 말도 있으니 살짝 위안을 삼으며 알게 모르게 넘어가기도 해본다.

누구나 정직하게 살아야 한다고 배웠지만, 살면서 거짓말을 한 번도 해본 적이 없다거나 속은 적이 한 번도 없다는 사람이 있을까. 너나없이 남모르는 무지갯빛 거짓말 주머니들을 감추고 있는 것일까. 사람들은 욕심이나 소망을 성취하고 자존심을 세우기 위해 거짓말을 하고, 가끔씩 빤한 거짓말에 속기도 하면서 살아간다. 때로는 자신을 속이기 위해 남을 속이는 거짓말도 하는 게 아닐까 싶다.

(2021)

세상이 어두워져 갈 때

노인복지관 출근버스를 탔을 때다. 커브 길을 돌아 200미터 앞에 복지관 건물이 보이자 스피커에서 차내 방송이 나온다.

"버스가 완전 정차하기 전에는 위험하니 좌석에 앉아계신 어르신께서는 미리 일어서지 마시길 부탁드립니다."

그런데 방송이 끝나자마자 뒷좌석에서 남자어르신 한 분이 벌떡 일어나 비틀거리며 앞쪽으로 걸어 나오기 시작했다. 버스 안은 갑자기 웅성웅성 여기저기서 "저런 노망난 늙은이 같으니라고." "어물전 망신을 시키는 꼴뚜기네." 등 픽픽거리며 야유가 터져 나왔다. 심지어 "저러니 늙으면 죽어야지."하는 말까지 나올 즈음, 다음 말이 들려오자 일순 버스 안이 찬물을 끼얹은 듯 조용해졌다. "저 노인 귀가 먹통이래요." 핀잔이 한숨으로 더 이상 말이 필요 없다. 사정을 아는 때와 모를 때가 이렇듯 다르다.

91세 아버지는 파킨슨병으로 거동 불편 때문에 외출은 못하셨지만 노인병원에 가신 후 사람들을 사귀고 바둑, 장기, 독서로 심심찮게 잘 지내셨다. 그런데 어느 날부터 여자 어르신이 상냥하게 말을 걸어오는데 인기를 끌면 뭐하나 귀가 어두워 무슨 말인지 알아듣지 못하니 꽝이다. 결국 사람 만나기를 기피하게 되어 말수가 적어지고 우울증이 따라왔다. 원래 사교적인 분이셨기에 딸들이 안타까워했다.

친정아버지가 돌아가신 후 어머니가 평수를 줄여 15층에서 2층으로 이사를 하셨다. 새집은 여름에 창문을 열어도 시끄럽지 않아 쾌적하다고 하셨다. 그런데 직접 가보니 전혀 아니다. 나무가 우거진 창밖에서는 매미 소리가 종일 요란했고, 가까이에 있는 어린이 놀이터에서 아이들 노는 소리까지 시끄러웠다. 91세 어머니가 혼자되신 후 급격히 귀가 어두워진 것을 그제야 알고 가슴이 아팠다. 일시적인 현상도 아니었다.

마주 보면 들으시는데 옆에서 말하면 전혀 못 들으셨다. 딸들이 서둘러 보청기를 해드렸다. 어머니는 세상이 조용하고 좋았는데 갑자기 왜 이리 시끄러운가, 차라리 조용한 게 낫다고 하셨다. 어느 날에는 지하철을 타고 신도림역에서 보청기를 꺼내 귀에 끼웠다가 우당탕탕 갑작스런 소음에 머리가 띵하고 어지러워 쓰러질 뻔했다고, 보청기에 대하여 하실 말씀이 많으셨다.

윙윙거리는 잡음이 싫고 상대방의 말이 간헐적으로 들리다가 왜곡되게 들어오니 무슨 말인지 알아들을 수가 없다고 불평을 하셨다. 세상이 어두워져 갈 때 새로운 기구가 몸의 일부가 되려면 적응 기간이 필요할 것이라 예상은 했으나 그렇게 힘든 줄은 몰랐다.

미관상 좋지도 않다며 평소에는 잘 끼지도 않지만 그래도 딸들의 사랑의 선물이라고 핸드백에 가지고는 다닌다. 딸들이 어머니 뵙고 반가운 김에 이런저런 얘기를 한참 하고 나면 그제야 보청기를 꺼내시며 "아까는 보청기를 깜빡 안 끼어 하나도 못 들었어, 처음부터 다시 얘기해 봐." 하신다. 우리는 어이없지만 따르지 않을 수가 없다.

노인성 난청은 감각신경성 난청에 속하는데, 어느 한계가 오기 전에는 보청기로 조정이 가능하지만 방치하면 계속 진행이 되기 때문에 교정이 어렵다고 한다. 그래서 보청기를 평소에 몸의 일부인 듯 계속 끼고 살아야 퇴행이 더디다는데 어머니는 잘 지키지 않으니 걱정이다. 계속 써야 잘 돌아가는 기계처럼 우리의 귀도 포기하지 말고 꾸준히 써주어야 한다니 무슨 일이나 노력 없이는 잘되기가 어렵다.

소리는 외이(外耳) 중이(中耳) 내이(內耳)를 지나 청신경을 통해 뇌로 전달, 내이에 달팽이관이라 말하는 와우각(蝸牛殼) 안에는 분화된 청각 수용기인 나선형의 코르티기관이 있는데 갈대같이 좌우로 흔들리며 소리를 전달하는 청각유모세포로 뒤덮여 있다. 과도한 소음에 장시간 노출되면 그 표면에 있는 2만여 개의 유모세포가 한쪽 편으로 완전히 쓰러져 소리 전달이 안 되는 것이다. 청신경은 한번 손상되면 다시는 재생이 어렵다.

어머니께 귀의 건강 유지에 필요한 것도 알려드렸다. 아연이 풍부한 견과류, 엽산이 풍부한 녹황색 채소를 잡수셔야 하지만 더 중요한 것은 소음을 피하는 것이다. 요란한 소음이 있을 때는 반드시 귀마개를 착용하고, 이어폰보다는 헤드셋을 끼며, TV의 볼륨을 줄이는 것이 최선의 예방책이다. 그리고 귓구멍 주변이 굳어서 진동이 약해진 경우일 것 같아 귓불 늘리기, 마찰하기, 잡아당기기 등 귀 지압을 해드렸다. 좋다는 방법은 많으나 꾸준히 귀를 아끼는 노력이 필요한 것 같다.

수줍은 옆집 새댁은 외출해서 집으로 전화를 하면 평소와 달리 동네가 떠나가게 큰소리로 이야기를 한다. 시아버님이 귀가 어두워서 말 좀 크게 하라고 하시기 때문이다. 힘들어하는 며느리에게 어느 날 아버님께서 하신 말씀. "새아가야! 나이가 들면 귀도 가끔 안 들려야 된단다. 노인네가 너무 귀가 밝아도 안 돼! 더구나 우리같이 3대가 한집에 살면…. 특히 밤 귀도 어두워야 한다." 안 들리는 이유가 결국 전화기 탓으로 밝혀져 바꿔드렸다는데 유머러스하신 시아버님이다. 노인에게는 지혜가 있고 장수하는 자에게는 명철이 있다고 욥기에서 본 생각이 난다.

늙은 고막이 오히려 고맙다던 어느 시인의 말이 생각난다. 팽팽한 북같이 힘차게 울리던 고막에 늙은 주름살이 잡혀 소리를 잡지 못하니, 시끄러운 소리 일일이 듣지 않아도 되고, 가끔은 잔소리 응답을 안 해도 되는 딴청이 심심치 않다고. 언제부턴가 깊고 은은한 소리만 즐겨 듣는다고 했는데 그 소리는 마음의 소리일까, 영혼의 날갯짓 소리일까.

(2015)

비밀의 문턱

결혼식 치르고 한 달 만에 신랑이 외국 유학을 떠났다. 그가 자리를 잡는 대로 초청장을 보내서 그것으로 내가 출국 수속이 끝날 때까지 나는 시댁에 머물 것이다. 이제 그와 소통할 수 있는 길은 편지밖에 없는데 떠난 후에는 집배원을 기다리는 하루하루가 참 길기도 했다.

하루는 교장 고모님께서 오셨기에 안방에 가서 뵙고 큰절을 올렸다. 시고모님은 근엄한 교장선생님의 목소리로 "궁금해서 묻겠는데, 결혼식에서 신부가 한 번도 웃지 않던데 무슨 이유라도 있었는가?"라고 물으셨다. 나는 속으로 '들켰네!' 했다. 결혼식에서 신부가 웃으면 첫딸을 낳는다는 말이 있는데 6공주 집의 맏이인 신부가 차마 웃을 수가 없었다는 비밀 사정을 들으신 고모님이 고개를 끄덕끄덕하셨다.

신랑이 미국으로 떠난 후 시댁에 남은 새댁은 종일 집에 머물며 눈치껏 조심하면서도 잘하고 있는 건지 금방 분간이 가지 않았다. 하루 세 번의 식사 시간도 너무나 빨리 찾아왔다. 친정은 여성 천국이었는데 시댁은 장정들로 둘러싸여 밥을 먹으려니 남자학교로 처음 간 여학생처럼 수줍어서 밥이 잘 안 넘어갔다. 그런데다 6자매 집 친정과 4형제 집 시댁은 문화의 차이가 컸다. 더구나 식구 모두가 아무 말도 없이 식사를 하니 사람은 많아도 독서실에 온 것 같았다. 두레상에서 6자매가 종달새같이 시끌벅적 밥 먹던 친정이 너무나 그리웠다.

새댁이 종일 집에만 있으니 부모님께서도 신경이 쓰이셨나 보다. 오전에는 살림을 익히고 오후에는 영어학원과 타자학원을 다니라고 하셨다. 힘들었던 마음을 들킨 것 같았지만, 버스를 타는 것도, 학원에 매일 다니게 된 것도, 숨통이 트여 그렇게 좋을 수가 없었다. 종로 거리는 왜 그렇게 친근하고 정겨운지, 바깥 공기는 어찌 그리도 시원한지, 파랗고 맑은 하늘도 너무나 아름다웠다.

"네 남편이 편지를 보냈구나." 영어학원에서 돌아와 편지를 받아들고 눈물 나게 반가웠다. 떠난 지 보름 만에 도착한 첫 편지다. 모두가 얼마나 목이 빠지도록 기다리던 편지인가. "먼저 열어보시지 그러셨어요." 했더니, 수신자도 아닌데 뜯어보다니 말이 되느냐고 정색을 하셨다. 내가 얼른 편지 내용을 읽어드렸다. 잘 도착했다는 것과 거처를 아직 정하지 못했다 했고 부모님의 안부를 묻는 평범한 내용이었다. 그런데 편지를 다 읽자, 아버님의 표정이 평소와 다르게 굳어있고 언짢으신 모습이다.

새댁을 보살펴 주시느라 수고 많으시다는 부모님 전 상서는 없고, 떡하니 제 댁에게만 편지를 보내다니 그럴 수는 없다는 것이다. 그런데다 부모님 안부도 내용의 제일 끝에다 붙이다니 그것도 어이가 없는 일이라고 노발대발이셨다. 신랑이 경황 중에 깜빡해서 독수공방하고 있을 제 댁 생각만 한걸 들켰나 보다.

아버님의 노하심이 컸다. 내가 신랑 대신 용서해달라고 시부모님께 싹싹 빌어야 하는 분위기로 보였다. 일단 용서를 구하고서, 신랑에게는 서둘러 아버님께 문안 편지를 쓰도록 알려야 한다. 그러나 주소를 아직 모르니 근처에 사는 신랑 친구의 주소로 부탁 편지를 보냈다. 신랑도 속마음을 들켜서 아차 했는지, 그가 보낸 부모님 전 상서가 보름 만에 서울로 날아왔고, 그제야 아버님의 표정이 풀리셨다.

평온하던 어느 날, 너무나 친정이 그리웠던 새댁은 학원을 향해서 가던 길에 '에라! 모르겠다.' 하면서 친정으로 발걸음이 갔다. 친정에선 깜짝 놀라셨고 회포를 잘 풀었다. 그리고는 평소처럼 학원에 다녀온 듯이 시간에 맞춰서 시댁으로 귀가하니 평소와는 달리 집안 분위기가 싸~했다. 그날따라 신랑의 편지가 도착해서 시아버님은 그 기쁨을 며느리에게 빨리 전해 주려고 학원으로 찾아가셨다니, 헛걸음에 얼마나 황당하셨을까. 새댁이 학원을 빼먹었고, 허락도 없이 친정에 다녀왔으니 걱정 들어 마땅하다. 쥐구멍에라도 숨고 싶었다. 또 죄송하다고 아버님께 싹싹 빌었다. 숨기고 싶던 비밀이 자꾸만 들킨다.

신랑은 편지 소동 이후, 아예 일주일에 한 통만 본제입납(本第入納)으로 보내고 비밀편지 네 통은 친정으로 꼬박꼬박 보내왔다. 공부하러 간 사람이 편지를 그렇게 자주 쓰느라 힘들었겠지만, 새댁에겐 매번 오아시스 같다. 새댁도 매일 일기를 쓰듯 신랑에게 편지를 보냈다. 중매로 만난 지 두 달 후에 결혼식, 한 달 살고 떠난 신랑과 그러면서 글 정이 들었을 것이다. 부모님의 엄한 훈육 속에서도 방법은 있었다.

몇 달 후 남편이 장학금을 받게 되어 두 식구가 살 수 있으니 아내를 보내달라며 아내의 비행기 티켓 비용을 송금해 달라는 편지를 아버지께 보냈다. 당시에는 초청장을 받아야 출국 수속이 가능하던 시절이다. 기쁜 소식에 나는 빨리 한국을 떠나고 싶은 마음으로 들떴다. 모르는 세상에 대한 걱정보다는 자유 독립 만세라도 부르고 싶은 흥분이 일었지만, 부모님께서 서운해하실까 봐 내색을 못 했다. 그 뒤로도 문턱이 많을 줄은 까맣게 몰랐다.

시댁에서는 미국행 티켓이 그렇게 비싼 줄 몰랐다고 비용 마련이 걱정이라 하셨다. 아들은 자기가 알아서 비행기표를 구입했다며 더 이상 말씀이 없으셨다. 나는 걱정을 안 했다. 당시에 홀트아동복지회에서 미국에 입양아를 보낼 때 아이 2명을 데리고 비행기를 타고 공항에 나온 양부모에게 인도해주는 대가로 인솔자에게 비행기표를 제공했기 때문이다. 부모님께 부담을 드리지 않고도 그 방법으로 갈 수 있었다. 그런데 그 말을 전해 들은 친정아버지가 그게 무슨 말이냐고 하시더니 티켓 비용을 신랑에게 기꺼이 송금하였다. 신랑은 부리나케 티켓을 보냈을 것이다. 그런데 내가 떠날 준비가 벌써 끝났어도 아버님께서는 비행기 티켓이나 떠나는 날짜에 대하여 아무런 말씀이 없으시니 무슨 비밀이 또 있을까 속이 탔다.

신랑이 또 뭔가 잘못한 일이 있는가 했다. 아버님은 아들의 감사 편지를 받기 전에는 며느리를 미국에 보낼 수 없다고 하셨다. 제 댁을 5개월간이나 부모님이 돌봐주었는데 아들이 성공해서 은혜를 갚겠다는 편지는커녕 달랑 비행기 티켓만 보낸 채 감감무소식이니 이런 상태로 며느리를 보낼 수는 없는 거라고 정색을 하셨다. 배운 사람이 그럴 수는 없다는 것이다. 이때만 해도 아들의 훈육을 위해 아버님이 미국행 티켓을 몰래 감추고 며느리의 출국 날짜를 한참 뒤로 변경해 놓고 오신 것을 아무도 몰랐다.

그런 중에 마침 아들의 효성스러운 편지가 왔다. 아버님은 그로부터 일주일 뒤로 출국 날짜를 잡았다. 어머님은 서둘러 김과 미역자반, 멸치볶음을 만들고 방앗간에 가서 미숫가루를 빻아 꽁꽁 싸서 미국행 가방에 넣어주셨다. 당시에는 출국 시에 외화 유출이 금지라 나는 비상금으로 친정아버님이 주신 10달러 지폐 1장을 비밀스럽게 구두창 바닥에 숨겨서 나갔다. 그걸 들키게 될까 봐 검색대를 지날 때 가슴이 콩당콩당 뛰었다. 그렇게 여러 색깔인 비밀의 문턱을 넘으며 우여곡절 끝에 한국을 떠났다.

그런데 세상일은 생각 같지는 않은 것 같다. 부모님을 벗어나 아는 이 하나도 없는 이역만리에서 자유로운 환경에서 살게 되었는데, 독립 만세는커녕 새로 부딪치는 일이 생길 때마다 들려오는 양쪽 부모님의 선명한 훈육 목소리는 어인 일인가. 부드럽게 또는 호되게, 때로는 등짝을 치기도 했다. 편지에 일일이 고하지 않아도 부모님께 숨기고 싶은 비밀을 한국에서보다 더 빨리 들켰다. 부모님의 마음은 시간과 장소를 초월하여 자식을 돌보시나 보다.

요즘엔 스마트폰 세상이다. 편지 답장을 받으려면 보름씩 기다렸던 50년 전이 마치 호랑이 담배 피던 시절의 이야기같이 느껴진다. 세계 각국 어디서나 카톡으로 통신하고 답장 또한 당장에 받아볼 수 있는 요즘 세상은 어릴 적에 읽던 공상과학소설 배경과 별로 다르지 않다. 특히 선거철에는 꼭꼭 숨긴 비밀이 순식간에 들키고 만다. 덕분에 비밀이 없는 세상이 되었다. 비밀이 파도치니 조용할 새가 없다.

때로는 비밀이 드러나지 않아 조용했던 옛날이 그립기도 하니 어이없어 말 못 하는 이건 진짜 비밀이다.

(2021)

반란

회사에 결근을 하고 병원에 갔다. 의사는 문진 후 사진을 찍어보자고 했다. 정밀검사의 결과는 척추관 협착증과 25% 전방전위증으로 수술이 시급하다는 것. 늦어지면 반신 마비가 올 것이라고 했다.

반란이다. 마음은 눌러서 감출 수 있었는데, 몸은 그게 되지 않았던 모양이다. 지난날 몸의 건강에 신경을 써본 적이 없었어도 별 탈 없이 지내왔는데 의외의 결과에 놀래서 나는 현기증이 났다. 누굴 탓하겠나. 다시 더듬어 생각해보니 건강했던 것은 2년 전까지였다.

사실 지난 2년 남짓 하루도 편하게 잠든 적이 없었다. 이렇게 누워도 저렇게 누워도 편치 않아 베개를 허리에 고였다가 다리에 고여 보며 편해질 때까지 방법을 찾느라 잠을 설쳤다. 그래도 이렇게 주저앉은 건 처음이다. 회사 일이 바쁘기도 했지만 참다 보면 나으려니 쉽게 생각했고, 병원에 가는 게 귀찮기도 했다.

수술하러 간다고 했더니 사무실 일이 급한 사장, 남편은 "그거 꼭 해야 하나?" 원론부터 들어갔다. 중풍 시어머님은 "그럼 거처를 다른 아들네로 옮겨야겠구나." 하셨다. 공주와 왕자인 아이들은 울상이었다. 친정 동생들은 "언니가 너무 힘들었구나." 했다. 내가 다 예상해본 일들을 그들도 똑같이 생각하고 있었다.

열흘 만에 퇴원해보니 남편은 앞치마를 둘렀고, 어머니 방이 비어있었고, 아이 셋은 착한 도우미가 되어 기다리고 있었다. 나는 졸지에 무수리에서 왕후마마로 등극되어 있었다. 반란의 고통은 컸지만 나의 세상은 확실하게 바뀌었다.

드디어 평화가 찾아왔다. 나는 이제 가끔씩 '반란'이라는 핸드백을 끼고 외출하고 싶다.

(2012)

4

나를
고발한다

엄지 척 남편

아버지 사진이 있던 자리에 커다란 거울이 걸렸다. 사진이 어디로 갔을까, 둘러보니 옆방 어머니의 작업실 벽에서 내려다보신다. 최근에 100호 크기의 그림을 시작하신 98세 어머니는 시간 날 때마다 거기서 소일하신다. 아버지께 보여주고 싶으셨을까. 벽에 걸린 액자 속의 아버지가 마치 창밖에서 작업대를 쳐다보시는 것 같다.

붓글씨를 즐겨 쓰시던 어머니가 한국화를 시작하신 때는 막내가 대학에 들어갔던 오십 세 때다. 문화센터에 등록하여 열심히 배우셨다. 완성된 작품을 집으로 가져오면 아버지께서 항상 칭찬을 아끼지 않았고 붓이니 물감이니 가격을 막론하고 적극적으로 후원해 주셨다. 몇 해가 지나 어머니가 전국 대회나 국제 대회에서 수상을 하셨을 때 함박웃음으로 말없이 엄지 척을 내밀며 누구보다도 제일 기뻐해 주셨다. 세월이 흘러 어머니가 미술협회 단체장을 맡으셨을 때는 툭하면 식사를 차려놓고 외출하신 적도 많지만 한 번도 불평하신 적이 없다. 인사동 화랑에서 개인전을 준비할 때도 적극적으로 밀어주시던 아버지는 이제는 집을 떠나셨지만 창문 저편에서도 어머니의 작품 활동을 독려하고 계시는 것 같다.

언젠가 이웃 노부인께서 놀러 오셨다. "아유, 영감 사진이 아직도 집안 한복판에 있네요." 하더니 이런 집은 처음 본다고 하였다. 그 댁 영감님 사진도 처음에는 거실에 걸었는데, 아내가 외출 후 돌아오면 어디를 갔다가 이제 오느냐 했다. 어느 날에는 일처리를 어쩌려고 그렇게 했냐며 근엄한 표정으로 잔소리가 계속 들려오니 갑자기 짜증이 나서 영정사진을 신문지로 겹겹이 싸서 보자기로 꼭꼭 묶어 골방에 엎어놓았다고 했다. 집집마다 사정이 다르다.

전에는 아버지 사진이 식탁 바로 옆에 있었다. 캐나다에 사는 넷째가 다니러 와서 친정에 오랜만에 자매들이 모였을 때다. 모두들 아버지께 인사를 드렸는지 체크를 잊지 않으신다. 떠들썩한 가운데 우리를 내려다보시는 아버지까지 함께 계신 듯 푸근함이 느껴졌다. 어머니는 아버지의 키 높이에 사진을 걸어 놓아 눈높이가 익숙해서 마주 뵙는 실감이 난다. 가로가 두 뼘에 세로가 두 뼘 반인 커다란 액자가 때로는 창문같이 보인다.

어머니는 창문 저편의 아버지를 말동무로 대접하신다. 새벽에 밤새 안녕 인사, 외출 시에는 집을 잘 봐달라고, 귀가 시엔 누구누구를 만났고 잘 다녀왔다고 하신다. 아이들과 잘 통하지 않는 애로사항은 물론이고 그리운 옛 고향의 추억까지 풀어놓으신다. 아버지는 지긋이 내려다보시며 긍정적으로 들어 주셨던 평소의 모습 같다. 언젠가 어머니가 TV를 켜놓고 거실 소파에서 잠드셨는데 "여보, 방에 들어가서 자요."라는 아버지 목소리에 잠을 깨신 적도 있다.

칠십 년 해로하셨던 아버지께서 먼저 떠나신 후 어머니는 8년째 독거노인이다. 집에서 식사가 맛있어도, 모임에 다녀오셔도 '엄지 척!' 완성된 아내의 그림을 보면 '엄지 척!'을 후하게 내밀어 주셨던 아버지를 생생하게 기억하는 딸들은 아버지 대신 시시때때로 '엄마 최고!' '엄지 척!'을 보내며 얼싸안아 드리지만, 어디 아버지만 하랴. 아마도 어머니는 미술 작업을 할 때마다 그 엄지 척!이 마냥 그립기에 사진을 작업실로 옮겨놓으신 게 아닐까. 외로우신 중에도 창문 저편에서 지아비의 힘이 버팀목같이 지켜주시니 얼마나 큰 복인가 싶다.

(2022)

은발이 온다

외출 준비를 하려고 거울을 보니 흰 머리가 제법 올라왔다. 나는 바빠서 그냥 모자를 눌러쓰고 나간다. 친정에 도착하여 모자를 벗으니 아직도 염색을 하는 98세 어머니께서 보기에 흉하다며 당장 나를 욕실로 이끈다. 내 머리에 염색을 해주겠다는 뜻이다.

나는 40대 후반에 새치 염색을 시작, 삼십 년이나 해온 그 일이 내게는 매달 치르는 중요한 행사였지만, 코로나 거리두기 이후로는 모임이 거의 취소되어 주로 집에서 지내다 보니 무공해 흰 머리가 싫지 않다. 여태 왜 그렇게 열심히 염색을 했나 싶다.

며칠 후 동생이 유명 샴푸 회사의 새치염색 샴푸 체험단 모집 광고를 보내주었다. 염색약이 아니고 천연 샴푸라서 독성이 없다며 강력 추천했다. 체험단 응모 요건대로 뿌리가 은발인 사진을 보냈더니 며칠 후 합격통지가 왔다. 보내준 샴푸로 7일간 아침저녁으로 사용 후기 사진을 보내주면 사례금도 있다는 말에 열심히 실행했다. 7일이 지나자 14번의 코팅을 한 효과가 밤색 머리로 나타났다. 어머니랑 동생도 좋다고 고개를 끄덕인다. 그런데 이게 웬일인가. 체험 기간을 마치고 미용실에서 파마를 했더니 밤색이던 머리카락이 모두 은발로 변했다. 파마약의 화학작용으로 염색 코팅이 완전히 날아간 것이다. 재빨리 염색 샴푸로 머리를 감았더니 다시 갈색 머리로 돌아오긴 했다.

요즘엔 팔십 대 할머니들도 열심히 염색을 한다. 귀찮아도 계속하는 것은 노화를 감추고 싶기 때문이다. 젊어 보인다는 말이 자신의 만족감과 자신감을 올려주니 포기하지 못한다. 그런데 젊은이들은 개성 있게 보이려고 검은 머리를 탈색해서 백발로 만든다. 세상은 요지경 속이다. 젊은이가 백발로 직장생활을 하니 섭외도 잘되고 일의 협조는 물론 초면인 상대편의 팀장이 벌떡 일어나 인사도 하더란다. 한국에선 나이가 어려 보이면 무시하고 막말하는 경향이 있는데, 그것도 자연스럽게 피할 수가 있다니 시대에 맞추어 세상사가 변해간다.

새치머리 염색체험샴푸가 드디어 바닥이 났다. 일반 샴푸의 3배 가격인데 계속 이걸 사용해야 할지 생각해볼 일이다. 어느새 두 달이 지나 커트와 파마를 또 했더니, 거울을 볼 때마다 낯선 은발 여인이 나를 쳐다본다. '이게 당신의 진짜 모습'이라고 거울 속에서 들려오는 듯하다. 그래도 새치 염색 일거리가 줄었고 시간이 지날수록 익숙해져 홀가분하고 편하다. 감추고 살아온 뭔가를 인정하고 마음속에 자유를 얻은 기분이다. 나이를 받아들이면 솔직함과 진정성으로 자아도 그만큼 성숙해질까.

머리 염색을 그만 두자 새로운 일이 벌어졌다. 은발 노인이 눈앞에 서 있으니 전철을 타면 젊은이들이 벌떡 일어나 자리를 양보한다. 처음에는 미안함이 앞서 가시방석에 앉는 것 같았다. 노인은 전철 요금도 공짜인데 그들의 자리까지 빼앗는 게 아닌가 싶어서다. 밖에서 마주치는 주위 사람들이 갑자기 보호 모드로 바뀐 것이 느껴진다. 흰머리는 원래 멀리서도 알아보고 누구나 잘 모시라는 조물주의 뜻이라던 말이 떠오른다.

반짝이는 은발이 온다. 모자 없이 외출하니 은발 사이로 지나가는 봄바람에 두피가 시원해서 날아갈 것같이 상쾌하다. 나이에 맞게 차리니 편안하고, 자연적으로 사는 게 이렇게 편한 것을….

(2021)

옛날의 그 아버지 맞나요

"할아버지 바보!"

"아냐, 할아버지 바보 아니야!"

할아버지는 울먹거리며 아니라고 사정하고, 일곱 살과 다섯 살 남매는 계속 놀려대며 신이 났다. 이번에는 손자가 박치기를 하잔다. 아이들 어미는 질겁하며 아이들을 말리지만, 그 새 박치기를 당한 할아버지는 오만상을 찡그리고 아프다고 문지르니 손자가 이겼다. 이길 것이 분명하므로 자신만만하게 싸움을 걸어오는 아이는 엄살인 줄 알면서도 모르는 척 장난을 멈추지 않는다.

그래도 아이들은 주일마다 만나는 교회에서 할아버지를 보자마자 팔을 열고 달려와 할아버지 품에 안긴다. 바보 할아버지라고 놀리면서도 왜 그리 좋아하는지 모르겠다. 예배가 끝나면 근처의 슈퍼마켓에 가는 것이 정해진 코스. 사고 싶은 대로 마음껏 집으라고 하니 입이 귀에 걸린다. 남매가 서로 할아버지 옆을 독차지하려고 티격태격 다투는 모습이 웃음을 자아낸다.

아이들이 달려와 가슴에 안길 때 할아버지는 분수에서 물줄기가 솟구쳐 오르듯 희열을 느끼고, 귀를 간질이는 아이들의 웃음소리에 기분이 올라간단다. 공원에 가면 함께 뛰어놀고 집에서는 같이 퍼즐을 맞추고 게임을 하며 함께 뒹굴면서 아이들보다 더 아이같이 동심으로 놀아준다. 아이들과 함께 하는 곳은 어디나 오아시스가 된다.

"저분이 우리 옛날의 그 아버지가 맞아?"

보드라운 할아버지가 된 아버지도 이해하기 어렵다며 웃었다. 그가 젊은 아버지이던 시절, 매사에 엄격하게 훈육에 열중하느라 웃음은커녕 항상 심각한 표정이었다. 아이들에게 인기 없는 아버지가 되는 건 참을 수 있어도, 아이들이 버릇없거나 수학을 못하는 건 참을 수 없다고 하면서, 새벽에는 아이들을 깨워 수학 문제를 풀어주고 훈육을 게을리하지 않았다. 툭하면 회사 일로 해외 출장을 가서 바쁘다고 얼굴 보는 일조차 어려웠던 시절, 입학식과 졸업식에 한 번도 와준 적이 없었기에 자녀들은 그런 모습을 아예 기대조차 해본 적이 없었다.

그런데 자녀들이 결혼하여 새로 둥지를 틀어 떠나자 그렇게나 엄하고 냉정하던 분이 돌변했다. 자애롭고 따스함이 넘쳐 똑같은 사람이라고 도저히 믿을 수 없다. 어쩌다 한번 그러려니 했는데 계속이다. 아내는 평생 바라던 일이었으면서도 어리둥절하다. 왜 달라졌느냐고 물으니 애들 키울 때는 당연히 훈육이 중요했으나 이제 둥지를 떠났으니 엄한 아버지 노릇도 졸업했단다.

자신은 엄격한 부모님 아래서 자랐고 부모님을 만족시키는 모범 아들에 속하지만, 마음 한편에는 자애로운 아버지에 대한 그리움이 있기는 했나 보다. 아들이 자녀들에게 부드럽게 대할 때면 자신보다 낫다고 하더니, 어쩌다 애들에게 호되게 할 때는 헛기침을 하다가 말없이 자리를 피했다. 자기의 옛 모습을 보는 것 같아서 그랬는지….

할아버지는 여름휴가를 같이 보내자고 앞장서서 2박 3일의 휴가 계획을 해마다 세우고, 휴가지에서는 손자들을 도맡아 밥 먹이랴 물놀이하랴 엄청 바쁘다. 물에 들어가면 나올 생각을 안 하고 종일 붙잡으니 간식시간에나 잠시 숨을 돌린다. 휴가에 쉬기는커녕 매번 애들 보느라고 생긴 피곤을 집에 와서 풀지만, 손녀 손자가 별을 따 달라 해도 따줄 것 같다.

손녀의 수학 점수를 올려야 한다고 애들 어미는 시아버지께 수학 과외를 부탁한 적이 있다. 수학을 가르치는 것이 취미인 할아버지는 기뻐하며 애들 수학책과 문제집을 사놓고 기다렸

다. 쉬운 문제부터 차근차근 공부를 시작하려는데, 아이가 도리
도리를 하며 할아버지가 친구지 선생님이냐며 화를 냈다. 자기
아이 같았으면 혼을 내서라도 문제 풀이를 시켰을 테지만 할아
버지는 순순히 과외공부를 접었다. 부모는 훈육이고 할아버지
는 사랑인가. 손녀 바보 할아버지의 현실이다.

　세월이 흘러 손녀가 중2가 되었다. 키가 커져서 머리가 할아
버지 귀까지 온다. 이제는 놀이터에 가자 해도 시큰둥하고 이야
기를 걸어도 주로 "예, 아니오." 정도로 짧은 대답이다. 슈퍼마
켓에 데리고 가도 입장이 바뀌어 인심 쓰는 표정으로 한두 개
집고 만다.

　성장한 아이들이 대견스러우면서도 한편으로는 옛날에 '바보
할아버지'라 불리던 때를 아련하게 그리워할 것 같다.

(2018)

갈등의 미학

"내가 무슨 낙(樂)이 있겠니. 식사 시간이 제일 즐겁지."

83세 시어머님은 일곱 개 남은 치아로 다진 반찬들을 죽과 함께 오물오물 잡수신다. 열심히 드시는 모습이 다행스럽고 감사하다.

중풍, 당뇨, 고지혈증으로 입원하셨던 어머님은 쓰러진 지 몇 개월 만에 내 집으로 오셨다. 입원 당시 손가락 하나도 못 움직이는 상태였지만 지금은 숟가락도 잡고 용변도 해결하실 수 있으니 얼마나 다행인지 모르겠다.

나는 의학서적을 찾아보고 이웃의 체험담도 참고하면서 식사 준비에 신경을 썼다. 주의할 음식이 많기도 하다. 마음을 담는 그릇이 육체라면, 기운을 담는 그릇이 피다. 음식이야말로 최상의 기공이라 하더니, 나날이 회복에 차도를 보이신다. 이젠 의자에서 일어나실 수도 있고 혈압, 당뇨 수치도 계속 정상이다.

가족들은 모두 숨을 돌렸다.

그런데 한 달 후 틀니를 끼워 드리자 음식이 모두 꿀맛이라며 계속 잡수신다. 당신 병에는 절제 있는 식사와 운동이 살 길이라 하면서도 식사 때마다 매번 더 달라고 하신다. 그러다가 수치를 재보면 당은 280(정상 140)까지 올라가고 어머님은 몸이 무거워졌다고 한숨을 내쉰다. 하루 운동이라고 해야 거실 서른 바퀴 돌기, 의자에 앉았다 일어났다 삼십 번 정도인데 매번 중간에 쉬러 들어가신다.

그래도 너무나 행복한 얼굴로 드시니 고만 잡수라고 말리는 일도 잠깐뿐이다. 며느리인 나는 어머님의 입맛에 맞춰 마음을 기쁘게 해드릴지, 절제 있는 건강관리로 몸을 기쁘게 해드릴지, 식사 때마다 갈등에 빠진다.

그런데 남편은 아들로서 갈등이 없다. 오로지 어머님 몸 회복을 위해서 매사에 주의를 준다.

"어머니, 오늘은 운동을 얼마큼 하셨어요. 좀 부족하게 하셨으니 지금 제가 보는 데서 거실 열 바퀴 더 도세요. 진지는 한 공기만 드시고 육식도 줄이세요. 야채를 많이 드시고 소스양념은 고만 드세요…."

매번 말씀드려 보지만 거의 따르지 않으니 어머님과 아들의 실랑이는 계속된다. 두 모자의 속마음을 아는 나는 옆에 서서 어쩔 줄을 모르겠다.

평생 질병에 시달리던 세조(世祖)는 자신의 체험을 바탕으로 쓴 "의약론"에서 명의란 환자의 마음을 편안하게 하여 병을 낫게 하는 심의(心醫), 음식 조절로 병을 고치는 식의(食醫), 그리고 약을 잘 쓰는 약의(藥醫)가 있는데 그중에 으뜸은 심의라 하였다. 그러나 지금 내 눈앞에서 어머님이 과식(過食)을 즐겨 하니 마음을 기쁘게 해드리는 결과로 건강이 나빠진다면 정답이라 할 수 없지 않은가.

노인들 자신은 절제하면서 재미없게 오래 살아봐야 뭐하겠느냐 한다. 오늘도 어머님은 과식하셨고 운동은 거의 안 하셨다. 그리고는 몸이 계속 무겁다고 하면서, 당신 건강이 왜 이리 안 좋은지 모르겠다고 한숨을 뱉는다. 내 마음도 덩달아 무겁다. 이럴 때는 어머님을 아기 달래듯 하며 팔을 부축하여 걷는 운동을 해본다. 나는 하루에도 몇 번씩 심의(心醫)였다가 식의(食醫)였다가 한다.

현실과 이상 사이에서 서성대는 것은 효의 미학인지 갈등인지 알 수 없다.

(2006)

미래의 시간을 걸어가다

　엘리베이터에서 위층에 사는 교수님을 뵈었다. 운동복 차림인 걸 보니 아침 산보를 다녀오시나 보다. 인사를 드리니 손을 내저으며 귀를 가리키신다. 보청기를 안 해서 듣기가 어렵다는 뜻으로 느껴진다. 팔순이 넘으니 건강이 나빠져 한심하다고 한숨을 쉬신다.

　교수님은 대학 강단에서 정년퇴임을 하셨고 저서도 많지만 특히 고전 음악 들으며 독서하는 일이 유일한 취미셨다. 근래에는 보청기를 해도 귀가 어둡고 시력까지 나빠져 책도 음악도 즐기지 못한다고 했다. 오래 사용했던 부분이 먼저 기능이 약해진다는 이치인가. 그래서 노후에는 새로운 취미를 가져보는 것이 좋다는 말도 있나 보다. 요즘엔 그저 동네 산보가 유일한 취미일 뿐, 의사소통이 어려워 혼자서는 외출이 어렵고 일상생활은 물론 부부간에도 의사소통이 쉽지 않다고 사모님이 말씀하신 적이 있다. 그분의 학문적인 업적을 생각할 때 노인 한 분이 돌아가시면 도서관이 하나 사라진 것과 맞먹는다던 속담이 생각나서 안쓰럽다.

오랜 와병 상태 중에 돌아가신 아버지도 떠오르고, 중풍 후유증으로 10년째 와불로 계시는 구십팔 세 시어머니, 가끔씩 기운이 없으신 97세 친정어머니 등 내 주위 친척 어르신들의 미래의 모습들이 머릿속에서 빙빙 돌아간다. 얼마나 여생을 더 보내실 수 있을까. 시간을 거꾸로 돌릴 수는 없을까. 세상을 얻은 솔로몬 왕도 세상을 헛되다 했고 불로초를 구해 오라 했다는 진시황의 그 안타까운 마음을 알 것도 같다.

노인복지관의 회원 관리 일로 최근 2년 이상 이용 실적이 없는 회원들의 상태를 알아본 적이 있다. 이사, 병환, 사망 등으로 분류를 한 다음, 다시 오지 못할 회원들의 이름엔 개인정보 보호 차원에서 내용을 삭제하는 일이다. 처음 회원 등록했을 당시에는 영어나 컴퓨터, 댄스도 배우는 등 활기 있게 여생을 보냈을 그분들의 연락처, 학벌, 가족관계, 전직, 취미활동 수강과목 이력 등을 일일이 삭제하면서 컴퓨터 속에서 살던 몇백 명 회원들을 밖으로 날려 보낸 것 같아 나도 모르게 한숨이 휴우 나온다.

어떤 어르신은 혈압약, 고지혈약, 퍼킨정 등을 복용 중이고 보청기 없이는 듣지 못한다. 백내장, 축농증, 임플란트, 척추수술, 무릎 수술 등 웬만한 수술을 거의 다 받아 일상생활에 불편 없이 살고는 있지만, 자신이야말로 '인조인간'이 아니겠느냐고 한다. 옛날 같으면 벌써 저세상 사람이었을 자신인데 첨단 의학의 세상을 만난 덕에 고비를 잘 넘겨서 인생의 덤을 얻었다. 솔로몬 왕이나 진시황도 현세에 계셨다면 온갖 수술을 다 받았을지도 모르겠지만, 그렇다고 2백 살을 넘길 수가 있었을까.

시아버님은 팔십에 백내장 수술을 위해 종합병원에 입원하셨을 때 그곳이 감옥 같다고 하셨다. 누구는 폐암, 위암, 신장암 등의 형으로 각자 자기의 죗값을 등에 지고 들어와 침대를 하나씩 차지하고 고통을 치르는 모습으로 보인다고 하셨다. 노년이 인생을 살아온 벌은 아닐 텐데….

아기로 태어나서 세월 따라 청춘이 왔듯이 노경도 바라서 온 것이 아님에도 마음 한쪽이 슬퍼진다. 만물의 생로병사는 조물주가 정해준 인생의 과정이 아닌가. 나무에 달린 열매가 땅에 떨어져 흙에 묻히면 사계절을 따라 새싹이 나서 성장하여 또 열매를 맺고 모두 떨어져 겨울을 맞이한다. 나무는 제 몫을 마친 것이다. 누구든 마음대로 순서를 바꿀 수 없고 건너뛸 수도 없다.

불가에서 말하는 팔고(八苦) 중에서도 제일 첫 번째가 생고(生

苦)라고 하는 것을 보면 출생이 고통임에 틀림이 없으나, 태어날 때 출생통, 진통의 과정을 거쳐야 어미의 몸에서 분리되어 세상 구경을 할 수 있고, 사춘기에는 성장통을 거쳐야 성인이 될 수 있다. 짝을 만나 자손을 낳고 키우면서 인생의 쓴맛 단맛을 보아야 중년 고개를 넘어가고, 회갑이 지나야 노인이 되는 것이다. 젊음은 아름답지만 늙음은 고귀하다. 누구나 노인이 될 때까지 살 수 있는 것이 아니기 때문이다. '세월은 약'이고 '세월만큼 훌륭한 스승은 없다.'며 지혜가 그만큼 늘어간다 하지 않는가. '위대한 나라는 젊은이들이 망치고 노인들이 회복시킨다.'는 말도 있다. 법정 스님은 누구나 빈손으로 세상에 왔듯이 애초의 마음으로 돌아가는 것, 즉 비움, 용서, 이해, 자비라고 하셨다.

살아오는 동안 나도 모르게 쌓여진 물건들은 정리하면서 살고 있었지만, 쌓인 감정들까지 정리할 생각은 미처 하지 못했다. 세상에 태어나는 일이 쉬운 일이 아니었듯이 아름다운 마무리를 하는 것 또한 나이가 들었다고 저절로 되는 일이 아닌 듯하다. 노년의 시간은 흘려보내는 것이 아니라 미래의 시간을 끌어가는 것이다. 저기 미래의 삶이 나를 기다리고 있다.

(2015)

행복을 짓는 노인

이웃에 사시는 93세 노인을 복도에서 어쩌다 뵙는데 인사를 건네면 자신의 귀를 가리키신다. 보행도 겨우 하시고 귀도 어둡고 해서 남들과 대화는 어렵지만 누워 지낼 정도로 편찮으신 데는 없이 일상생활을 다 하신다. 장남 부부와 함께 살고 계시며 특별히 하는 일이 없이 주로 방에서 지내신다.

한 번은 많이 편찮으셔서 병원에 입원하셨다. 퇴원하는 날 둘째 아들 부부가 달려와 자기 집으로 모셔가겠다고 간곡히 건의했지만 큰 며느리는 펄쩍 뛰며 막았다. 남편이 이유를 묻자 복덩이 아버님을 왜 다른 집으로 가시게 하겠느냐 했다. 어떻게 사시기에 복덩이 노인이란 별칭이 생겼는지 궁금했다.

며느리 말로는 복덩이 시아버님이 시도 때도 없이 혼자서 기도하는 일로 소일하신단다. "지금 아침이오니 식구들 자손들 모두가 주안에서 건강하게 하루를 시작할 수 있도록 은총 베풀어 주시옵소서." "맛있는 식사를 하게 해주시니 감사합니다. 식사를 장만한 손길에 축복을 내려 주시옵소서." "하는 일마다 주님의 사랑과 지혜로 이끌어 주시니 감사합니다." 기도 내용은 이렇게 자손들에 대한 축복과 일상에 대한 감사기도이다.

매일 큰소리로 기도하니 며느리와 아들은 물론 그 내용에 귀를 기울이게 되는데 때로는 소원기도를 하시는 적도 있단다. "날이 더우니 오이냉국을 조금 먹게 해주시옵소서." "주님의 은총으로 퇴근길에 아들이 고기를 사 와서 온 식구가 불고기를 먹을 수 있도록 해주시옵소서." 그럴 때 원하시는 음식을 해드리면 두어 점 정도만 잡수시지만 기뻐하며 감사기도를 또 하신다.

이웃 어르신의 경우, 만나는 사람들은 별로 없어도 모든 것을 하나님께 고하고 하나님과 자유롭게 소통하며 기도로 소일하시니 항상 편안하여 우울증도 없다. 식사습관, 운동습관, 인생철학 등 기본에 충실하게 아는 내용을 실천에 옮기는지 여부에 노후가 걸려 있다고도 하지만 그 이상이 있다.

어르신의 따뜻했던 영혼, 무엇보다 소중한 유산으로 남겨 놓고 자손들에게 복덩이 할아버지로 기억될 것이다. 그 어르신께서는 그렇게 자식에게 대우를 받고 촛불이 살짝 사그라지듯 96세로 조용히 하늘나라에 가셨다. 마지막 순간까지 복을 지으시다니….

(2012)

밝은 달을 따라서 다시 왔으면

"이 녀석아, 뭐가 그리 바쁘다고 그리도 일찍 갔느냐? 아내
는 청상을 만들고, 부모는 어쩌라고….'

장례식장에서 헌화를 하면서 조카의 사진을 대하니 속이 울
컥하면서 나도 모르게 이런 말부터 나왔다. 조카며느리를 보니
목이 메어 얼싸안고 눈물을 쏟았다. 결혼식 날 함박꽃이던 고운
얼굴이 눈물로 범벅이 되었으니 어찌할꼬. 앞으로 다가올 일들
이 상상이 되어 가슴이 미어진다.

열흘 전에 전화를 받고서 황당했다. 작년에 결혼한 조카가 새
벽 두 시에 쓰러졌는데 과다한 출혈로 상태가 어렵다는 내용이
었다. '테이블 데스' 상황이니 '연명치료'니 어려운 단어가 전화
저편에서 윙윙거렸다.

내 마음이 이렇게 황당한데, 결혼 15개월인 새댁과 양쪽 집
의 부모는 물론이고 주위 친지들의 마음이 얼마나 기가 막힐까.
아무 일도 손에 잡히지 않는다. 전화가 울릴 때마다 깜짝깜짝

놀랬고 오로지 기적을 바라는 기도를 하고 또 했다.

아들이 새 둥지를 틀고 서로 맞벌이하며 알콩달콩 잘 살기에 조만간 아기 소식이라도 알려오지 않을까 기대했던 고인의 부모는 지난 명절 이후로 만나지도 못한 채 참담한 일을 겪었다. 중환자실을 오가며 가슴이 터질 것 같았는데 쓰러진 지 사흘 만에 꿈속에서 얼굴을 본 후에야 마음이 조금 위안이 되었다고 했다. 친하게 지내던 동갑내기 사촌도 꿈속에서 생시와 똑같은 고인을 보았다며 꿈이 진정제 같다고 했다.

조카의 인생 41년 중에는 남들이 알지 못하는 고통으로 힘든 적도 있었을 것이다. 직장에서 생긴 과다 스트레스가 직접적인 원인일 수 있겠다. 뜨거운 음식물을 식히려고 입으로 불고 난 뒤, 하모니카나 노래를 힘껏 부르고 난 뒤에 한쪽 팔이나 다리에 운동마비 증세가 잠깐 나타났다가 없어지는 일시적인 뇌 허혈 증상이 발전되면 그럴 수가 있다지만 현대의학도 어쩔 수가 없었다. 한없이 애처롭지만 남은 사람들 추억도 땅에 고이 묻어주고 모두들 마음 추스르길 바라는 마음이다.

화장된 유골은 모아서 옥돌처럼 만들었다. 불교에서는 사리 속에 망자의 모든 것이 들어간다고 하던데, 최근에는 그것을 고열 고압으로 구현한다니 기분이 묘하다. 장례식 일주일 만에 사리함이 도착했다. 하얀 명주 보자기에 싸인 자개함 속에 연둣빛

옥구슬이 담겨 있다. 박물관에서 보던 작고 투명한 사리와는 사뭇 다르다. 가까이 간직하고 만져보면 위로가 될까? 나는 구슬과 고인의 모습을 연결 지었지만 슬픔만 쌓였다.

사리함을 어디다 보관하면 좋을까. 가까운 사람들은 조금 가져가서 어딘가에 모셔두고 싶을 수도 있겠다. 미국에서는 남편의 사리함을 6년째 거실 장식장 위에 두었다 하고 정원수 아래에 심어 놓기도 한다. 그렇다면 앞으로는 고인의 사리가 집에 있으니 산소도 필요 없으려나. 옛날같이 멀리 떨어진 산소에 철철이 찾아가서 제초작업을 할 필요가 없고, 납골당에 관리비를 내며 시시때때 방문할 필요도 없다는 말인가. 세상이 하도 빨리 변해가니 후손들 손에 달린 내 장례는 어떻게 치러질까 슬며시 궁금해진다.

열흘이 또 지났다. 장례식장에서 흘린 눈물이 마르면서 슬픔도 날아갔을까. 기도를 하면서 조카가 좋은 곳으로 갔거니 한다. 어릴 적 내 집에 친척들이 모일 때마다 벙긋벙긋 인사하고 장난치던 모습이 내 눈앞에 선해서 피식 미소가 서린다.

'올 때는 흰 구름 더불어 왔고, 갈 때는 밝은 달 따라서 갔네.

오고 가는 그 주인은 마침내 어느 곳에 있는고.'

휴정 선사가 세상을 떠난 스님을 보고 지은 시가 떠오른다.

(2022)

벚꽃 봉오리가 화사한 날에

구순 아버지는 어느 날부터 밥을 넘기기 힘들어하셨다. 식사 시간이 유일한 낙이라 하시는 분에게 연하장애(삼킴 장애)라니 가슴이 철렁한다. 해결책으로 병원에서 받은 흰 가루를 한 숟갈 넣으면 국물이 뭉글뭉글 젤리로 변해서 숟갈로 떠서 잡숫기에 편했다. 평생 아버지의 밥상을 차려드렸던 어머니는 정성으로 만들어 오신 고기반찬을 들고 어쩔 줄을 모르신다.

1960년대에는 이렇게 살았다. 식사 종이 딸랑딸랑 울리면 온 식구가 안방으로 모여들고, 커다란 두레상에 부모님과 여섯 아이들이 옹기종기 앉아 밥을 먹었다. 아버지는 아이들에게 일일이 말을 건네며 생선 가시를 발라내서 아이들 밥 위에 얹어주시고 국에 들어있는 고기까지 꺼내서 몸이 약한 아이 밥 위에 올려놓으셨다. "꽝꽝 먹어라. 밥이 보약이다." 하시던 말씀이 귀에 쟁쟁하다. 때로는 어머니를 돕느라 애기를 무릎에 앉히고 젓가락으로 찢은 김치를 한 조각씩 밥숟갈 위에 얹어서 먹여주시곤 했다.

어머니는 두레상에 반찬마다 두 접시씩 올려놓으셨다. 아버지 앞에는 항상 실한 생선 가운데 토막이 있었고 구운 김이 수북했고 다른 접시보다 푸짐했다. 우리는 아버지 앞에 놓인 반찬에 침이 쪼르륵 나와도 엄마의 눈치가 보여 먼저 집어가지 못했다. 어찌 임금님의 반찬을 넘보랴. 그런저런 이유로 어머니는 아버지께서 독상을 받길 원하셨지만, 아버지는 굳이 두레상을 고집하셨다.

한동안 새벽에 온 식구가 삼청공원 약수터에 다니기도 했다. 나는 새벽에 일찍 일어나는 게 고역이었는데, 어머니는 방문을 두드리며 소리쳐 이름을 부르거나 이불을 젖히거나 하기 때문이다. 아버지는 살며시 들어오셔서 발을 간질이니 자는 척하려 해도 간지럼을 못 이겨 매번 깔깔 웃으면서 일어나곤 했다. 아버지는 항상 아이들 편이셨다.

삼청공원에 들어서면 아버지보다 뒤처지는 아이는 볼기를 맞을 수 있다고, 팔을 흔들며 저벅저벅 걸어가셨다. 아이들이 아버지보다 앞서서 서로 뛰어가다 보면 어느새 약수터에 도착했고, 거기서 세수하고 운동한 후 내려와 먹는 삼청동 순두부백반이 별미였다. 오십 년이 넘어도 잊지 못한다.

우리의 목은 하루에도 600번 이상 삼키는 작용을 한다. 연하장애(嚥下障碍)로 그게 어려운 원인은 삼킴 운동하는 부위의 신경과 기능이 손상된 것이다. 우리는 저절로 침이 넘어가는 줄 알지만 무의식적으로 얼굴, 혀, 미주신경, 호흡과 근골격의 다양한 부분에서 구조적인 균형이 이루어질 때 가능한 것이었다. 어딘가 불균형이 와서 운동마비, 근력저하, 감각장애가 따라온 것이다. 우리는 연하장애 후에 어떤 일이 올지 당시에는 알지 못했다.

어머니는 지금도 툭하면 말씀하신다. "8년 전에 아버지가 파킨슨병으로 가신 줄 아니? 굶어서 돌아가신 거다." 한스러운 숨을 토하며 그 말씀을 하신다. 연하장애 이후 어느 날 물을 잘못 드셨나 보다. 호흡곤란이 와서 삼성병원 응급실에 가서 위기를 넘겼다. 그날 내게 하신 말씀이 잊히지 않는다. "집에 가고 싶다. 하얀 쌀밥에 김치가 먹고 싶다." 그러나 의사는 펄쩍 뛰며 절대 안 된다고 했다.

그냥 밥 한 숟갈, 물 한 모금도 허용이 안 되는 때가 올 줄은 몰랐다. 목마르다고 하시면 탈지면을 적셔서 입안을 닦아주는 것만 허용이 되었다. 목젖이 타들어가도 생명과 바꿀 순 없지 않은가. 이후 오로지 튜브 음식으로 연명하시던 아버지는 49일 만에 세상을 떠나셨다. 하얀 벚꽃 봉오리가 쌀 튀밥같이 화사한 날에 병원을 나서면서 눈물이 줄줄 흘렀다. 평생토록 밥을 해드렸던 지아비에게 밥을 해주지 못하고 옆에서 지켜보기만 해야 하는 어머님의 심정이 어떠했으리.

임종을 앞둔 노인들은 음식을 넘기지 못하는데, 옛날에는 이때 영양을 주입하지 않았다고 한다. 그대로 놔두어야 아픔 없이 죽음을 맞이하게 된다. 몸이 노쇠한 만큼 음식도 필요치 않고 목도 마르지 않다. 임종을 앞두면 뇌 속에 엔도르핀이 분비되면서 고통과 공포를 잊게 한다는 것을 나중에서야 알았다.

영원한 내 편이던 너무나 훌륭한 나의 아버지가 그립다. 그때마다 목이 메고 눈앞이 흐려진다. 이제는 하늘에서 반짝이는 별이시니 들어주실 것 같아서 언제 어느 때나 하늘을 보며 아버지께 말을 해보곤 한다.

"벚꽃이 만발한 날, 하얀 쌀밥에 김치를 먹을 때마다 아버지 생각이 납니다."

(2013)

거꾸로 기울여보다

산 중턱에 올라도 바람 한 점 없고 줄줄 흐르는 땀으로 눈까지 따갑다. 속옷은 등에 들러붙은 지 오래다. 진즉 비웠던 빈 물병을 다시 거꾸로 기울여본다고 물이 나올 리 없다. 시원한 냉수 한 잔이 너무나 그립다.

청계산 매봉에 도착하니 오늘따라 사람들이 많다. 어린애들까지 이리 뛰고 저리 뛰며 돌아다녀도 나뭇잎 하나 흔들리지 않는다. 대부분 사람들이 벤치에 편안히 기대앉아서 저마다 아이스케이크를 입에 물고 정상에 오른 기쁨을 나누고 있다. 산 아래 동네 슈퍼에서 그걸 사 왔을 리는 없고, 평소에는 못 본 광경에 주위를 둘러본다. 옳거니! 큰 나무 아래 커다란 아이스박스를 지키고 젊은 여자가 앉아있다.

나는 갑자기 더 목이 말라서 남편에게 기대를 걸어본다.

"돈 좀 가져오셨어요? 우리도 아이스케이크 좀."

"어쩌지? 오늘따라 지갑을 안 가져왔네."

나는 기대가 어그러져 목이 타들어 가지만 별 수 없다. 그때 근처에서 한 남자가 웃으며 나를 쳐다보더니 이천 원을 내밀었다. 나는 속내를 드러낸 게 머쓱하여 어쩔 줄을 모르겠다. 그러나 요조숙녀 체면에 생면부지의 남자한테 신세 질 수는 없어 완강히 거절하였다. 그도 질세라 적극적으로 권하니 계속 실랑이를 벌이는 모습에 딱했는지 남편이 대신 받아들고 아이스케이크를 사 왔다.

냉큼 받아들고 한 입 베어 물으니 너무나 시원해서 정신이 버쩍 난다. 달콤한 맛에 피곤도 싹 날아갔다. 천 원의 행복에 취해서 천당에라도 들어선 것 같다. 사양할 때는 언제였나 싶게 너무나 좋아하는 내 모습에 허허 웃음이 나온다. 정상에 오르면 매번 생명 부지의 등산객들 옆에 서게 되는데 나는 이런 호의를 베풀어본 적이 없었기에 반성을 했다.

고마움에 미안함이 섞인 미소로 그분에게 고맙다고 인사를 했다. 남편은 옆에서 주머니를 뒤지더니 명함을 찾아서 그에게 내민다.

흐뭇한 기분으로 내려오면서 남편에게 물었다.

"명함이 돈인가요? 그건 왜 준 건데요?"

"신세는 졌고 그냥 뭐라도 주고 싶어서…."

서로가 말이 안 되는 걸 알면서 그저 웃어넘긴다.

그날 밤, 물병을 씻다가 문득 지난 일들이 떠올라 비디오테이프인 양 거꾸로 돌려보며 내 마음을 기울여보았다. 지난 일들은 어머니의 가르침대로 그저 남편의 삶만 쳐다보면서 그림자처럼 살았으니 내 감정은 그냥 묻어두어도 괜찮았다. 이제부터 남은 생은 냉수를 마신 듯 시원하게 다른 색깔도 살아보길 꿈꾼다.

오늘도 무더운 날씨라 냉수를 두 병이나 배낭에 넣었다. 혹시 아이스케이크 장사도 올까 해서 지갑도 챙겨 넣었다. 호의가 또 다른 호의를 부른다. 내 마음의 지갑을 거꾸로 기울여 누군가를 도와주는 날이 될지도 모르니….

(2018)

나를 고발한다

변호인들이 들어왔다.

법복 입은 판사가 자리에 앉자 장내가 조용해졌다.

소정의 절차가 지나가자 검사가 고소장을 집어 든다.

"원고는 장기결근으로 주위 사람들을 온통 괴로움에 빠뜨린 가해자를 고발합니다. 1997년 2월에 한빛기술개발에 입사하여 사무직원이던 가해자는 지난 2011년 8월 갑자기 척추수술을 한다고 두 달간이나 결근을 하였습니다. 그래서 회사 사무를 제때 처리하지 못했고, 식구들 식사 준비는 물론 그동안 시댁 행사인 둘째 집 조카 결혼식, 조카딸네 아기 첫돌잔치에도 불참하였고, 남편 친구 부모님의 장례식에 남편의 보디가드로 동행도 하지 못했습니다. 지난 6년간 함께 모시고 살았으나, 가해자는 수술 몸조리를 핑계로 중풍 후유증으로 보행이 불편한 시어머님을 다른 아들 집으로 옮기시게 했습니다. 주위 사람들이 몸조리를 하는 동안 요양원에 가 있으라 해도 집 안에 머물러 식사 때마다 약을 한 줌씩 삼키면서 고통을 호소하며 자신의 일을 망각한 채 자존감도 잃고 딴 사람이 되었습니다. 이건 완전 직무유기가 아닙니까."

"직무유기 맞네!" 객석에서 웅성웅성 들려오는 소리.

다음엔 변호사의 변론이 이어진다.

"피고의 변호인 조력입니다. 의뢰인은 지난 40여 년간 맏며느리로 남편의 그림자로 평생 주위 사람들을 섬기고, 발등의 불을 꺼주는 해결사로 동분서주하며 살았습니다. 가난했던 젊은 시절 청운의 꿈을 안고 남편이 한 학기 등록금만 들고 미국 유학을 떠났을 때는 단돈 10달러를 들고도 동반자로 가서 돈을 벌고 아기를 키우며 내조했고, 그때부터 지금까지 부모님께 생활비를 매달 드리고 있습니다. 귀국 후에는 장남처럼 특별 대접을 받는 것도 아니면서 맏아들 못지않은 의무와 강박으로 삶을 이겨 나갔지요. 맏며느리로 시부모님과 4남 1녀의 가족들 이십여 명과 어울려 설, 추석 명절에는 물론이고 부모님 생신 잔치도 해마다 집에서 치렀습니다. 퇴직 후 개인 회사를 차린 남편의 일은 물론, 중풍 환자 어머니를 휠체어로 모시며 돌보랴, 아이들 뒷바라지하는 일까지 해내려니 오십대 여인이 과로 중에 피치 못하게 척추수술을 하게 된 것입니다. 판사님께서는 하해와 같은 아량과 판결로 이 여인이 자기 자신을 제대로 찾을 수 있도록 혜량을 베풀어 주시기 바랍니다."

"자신을 팽개치고 살았네." 자기들끼리 수군수군 의견을 나누는 소리.

얼마 후에 법원에서 판결이 내려졌다.

"피고는 보디가드와 그림자 인생을 졸업하고, 데칼코마니 인생을 살도록 해라."

심판관이 선고를 끝내고 탕 탕 탕 두드리는 소리에 피고면서 원고인 나는 흥분해서 벌떡 일어났다.

"아! 여태껏 살던 거와 반대로 살면 되겠네." 이런 소리가 아스라이 지나간다.

그런데 순간 들려오는 귀에 익은 목소리.

"여보, 자기 어디 있어. 나 좀 도와줘."

순간 꿈에서 깼다. 남편이 여보를 부르고 있다.

깨몽한 뒤라 순간 망설였다. '보디가드' 인생 팻말을 들고 나갈까, '도움은 셀프입니다.'라면서 자유 독립 팻말을 들고 나갈까. 침을 꼴깍 삼킨다.

(2022)

풋울음 깨워가는 카이로스의 삶

— 이예경 수필집 ≪거꾸로 기울여보다≫ 발간에 부쳐

장 호 병

(사)한국수필가협회 명예이사장

'삶은 곧 글쓰기'란 가설이 유효한 것은 삶이 글쓰기를 위한 제재를 제공하기 때문만은 아니다. 글과 삶은 그 상호작용 외에도, 제재로서의 불가분의 관계를 갖는다. 따라서 성공적인 글쓰기는 성공적인 삶에서 그 해법을 찾아야 할 것이다.

작가는 입시지옥의 시절 경기여자중고등학교를 거쳐 이화여자대학교에서 교육학을 전공하였다. 뷔퐁(Buffon, 1707~1788)의 '글은 곧 그 사람의 인격人格을 나타낸다'는 말에 새삼 공감했다.

빈손에서 부를 축적하였든 재벌의 후예로 태어났든 평생을 써도 남을 은행 잔고를 가지고 있고, 권력이 하늘을 찌르고, 명예가 세상을 뒤덮는다고 해도 그 삶을 성공적이라 하기는 어렵다. 우리가 함께 추구해야 할 의미가 결여된 삶이라면 호의호식조차 무의미한 것이다.

작가가 세상과 소통하는 창, 그리고 자신과 내밀하게 소통하는 신비의 통로를 작품에서 감지하였다. 많은 사람은 자신이 살아온 지난 세월은 바보들의 행진에 불과하다고 말한다. 그러나 막상 세월을 돌이켜도 그 궤적은 크게 벗어나지 않을 것이라 입을 모은다. 그 경우를 지금의 잣대로 불러와도 최선은 아니지만 차선의 길 그 이상이었음을 믿기 때문이다.

이 수필집은 동시대를 살아왔던 사람들에게 공감과 함께 경외심을 불러일으키기에 충분하다. 사람들은 현실에서 벗어나는, 남과 다른 삶을 찾기 위해서는 더 많은 앎을 추구해야 한다고 믿었다. 그래서 엘리트 코스의 험로를 마다하지 않는다. 그 앎이 온갖 세상 번뇌와 여성이 짊어져야 할 가사─어른 모시기, 아이 낳고 키우기, 살림─에서 벗어날 수 있는 길이라 믿어왔다. 앎은 사람들의 생각과는 달리 더 많은 수고와 자기희생을 요구한다. 이 책을 읽는 이들이 큰 위안과 깨달음을 얻는 지점은 앎과 삶이 일치하는 데 있다 하겠다.

작가는 윤모촌 수필가를 사사하였다. 그만큼 문학정신에도 투철하였으리라 생각된다. 삶이 어떻게 문학에 투영되었고, 문학은 삶에 어떤 영향을 줄 수 있었는지 그의 작품을 살펴본다.

□ 들어가며

국민교육헌장에서처럼 우리는 '민족 중흥의 역사적 사명'을 띠고 이 땅에 태어났을까.

도구는 용도라는 본질 때문에 탄생한다. 망가져서 쓰임의 본질에서 벗어나면 우리는 언제든 새로운 것으로, 완벽한 것으로 대체한다. 존재하느냐보다는 본질에 충실한가가 먼저다.

사람의 경우 어느 누구에게서도 용도나 규정성, 의미하는 바의 본질을 찾을 수는 없다. 설사 자식이 다리를 쓰지 못 한다할지라도 다른 누군가로 대체할 수는 없다. 사르트르는, "인간이 존재하는 데는 어떠한 이유도 없기에 인간에게는 본질이 있을 수 없으며, 인간은 본질로부터 절대적으로 자유롭게 선고받은 존재다."라고 말했다.

인간은 자신의 의지와 관계없이 이 세상에 던져졌다. 이제부터 인간은 미래에는 자신을 스스로 던지는, 자신만의 삶을 주도적으로 만들어나가야 한다. 역사적 사명을 띠고 이 땅에 태어났다는 것은 태어난 연유를 말하자는 것이 아니라 우리의 미래를 어떻게 살 것인가에 대한 다짐이다. 스스로 자신을 선택하고 만들어가는 존재, 본질보다 앞서는 이 실존의 존재를 사르트르는 대자존재(對自存在)라 불렀다.

문학활동은 대자존재로서 작가 자신의 주체성을 더욱 견고하게 쌓아가는 과정임을 알 수 있다.

□ 이덕수신以德修身

세상에는 수많은 존재들이 있다. 하이데거는 예술의 본질은 이 세상에 존재하는 것들의 모방이나 재현(representation)에 있는 게 아니라, 우리가 간과하고 있는 존재에 대한 체험을 하게 하는 데 있다고 했다. 이제까지의 습관이나 관점을 바꾼다든지, 고정관념에서 벗어나거나, 대상 간, 자아와 객체 간의 상호 연결을 통하여 우리가 미처 깨닫지 못하고 있는 존재망각의 상태에서 우리를 깨어나게 하는 창작활동, 그것은 존재에 대한 인식이자 체험이다.

우리는 네 눈이 아니라 내 눈으로 세상을 읽고 해석하기 쉽다. 나에게 일어날 일과 관련하여 예측하기 때문에 있는 대로 보고 해석하기보다는 보고 싶은 대로 읽는다.

공자는 덕으로 자신을 닦아야[以德修身] 한다고 가르쳤다. 덕德을 파자하면 사람이나 대상을 대할 때 열의 눈을 가지고 두 눈이 보지 못하는 부분까지 살펴 한마음에 이르게 하여야 한다는 것을 알 수 있다. 삶이 덕을 구하는 일이라면 글쓰기는 덕을 실천하도록 설득하는 일이다.

착각에는 긍정적인 힘이 매우 중요한 성장과 발전의 원동력이 되기도 한다. 자신이 이미 삶이라는 경기의 승리자라는 착각이 필수다. 밝은 생각에는 밝은 결과가 따른다는 것이다. 장애인으로 45세에 스페인 파라배드민턴 대회 남자 단식 공동 3위 동메달, 남자복식 은메달, 혼합 복식에서 금메달을 따낸 선수가 있다. 운동 시작 후 15년 동안 잦은 부상으로 수술도 여러 차례 겪었으나, 그가 얻은 승리의 메달은 착각을 다짐으로 승화시켜 피나는 노력을 한 덕분이 아니었을까. 나 역시 즐거운 결과를 상상해보면서 착각을 다짐으로 주목을 불끈 쥐며 의식을 다잡는다.

척추 수술 후 자유롭게 살며 나는 건강을 회복했다. 회복기에 보디가드를 잘해준 그이 덕이다. 2년이 걸렸지만 세월도 약이었다. 주위에서는 아직도 수술후유증 안부를 묻지만 일상생활은 물론 등산도 잘 다니고 있다. 나는 또다시 보디가드로 복직했다.

— 〈보디가드 인생〉 결미에서

이 작품집에서는 많은 자전적 수필과 만난다. 귀납적 서술이 많은 연유이기도 하다. '이렇게 살지 않아도'를 읊조리지만 결국 이제까지 걸어온 길을 내려놓지 않는다. 오히려 긍정적인 착각이 인생을 더 보람되게 이끌어간다. 척추 수술 후 남편으로부터 큰 도움을 받아 일상으로 돌아온 것을 두고 작가는 '보디가드로 복직했다'고 했다. 그 표현에서 작가의 삶을 짐작해볼 수 있다.

만난 지 두 달 만에 우리는 결혼했다. 그런데 반백년을 살면서 금성과 화성은 어쩌면 그렇게도 다를까. 등산, 노래, 수영 말고는 맞는 것이 하나도 없다. 그런 중에도 아이는 태어났고, 오만 가지 일을 함께 치러내며 쓴맛 단맛 속에서 평생 밥을 해주며 옆을 지켰으니, 인생은 불가사의 그 자체다. 그래도 한편으로는 취미생활을 함께 해온 것이 한 줄기 도움이 되었을 것이다. 부부가 꾸준히 교회성가대 활동을 해왔고, 한국 유명 산들은 물론 중국의 명산인 태산, 삼청산, 태항산 등의 정상을 누비며 다년간 등산을 다녔다. 둥지를 떠난 아이들 가족과 해마다 해수욕을 다니고 있으니, 세 개의 시험 덕분인가 한다. 그게 바로 내 인생의 계단참이 아니었을까. 거기에 아기들 재롱까지 계단참이 되어주니 예상보다 더 큰 기쁨이다.

— 〈내 인생의 계단참〉 중에서

부부의 인연은 묘하다. 나와 다른 점 때문에 서로 좋아하게 되고[不同而和] 결혼하여서는 부부로서 서로에게 거는 기대치로 동이불화(同而不和)하며 살아간다. 나만 아옹다옹인가 싶어 화목해 보이는 다른 집안을 들여다보면 서로 다른 점을 존중하고 있다는 것[和而不同]을 깨닫게 된다. 성가대 활동, 등산 그리고 아이들과의 해수욕에 더하여 손자 손녀들의 재롱은 부부 사이의 부동(不同)을 이완시켜주는 계단참 역할이라 저자는 말한다.

아버지는 6자매를 두셨어도 아들이 그립다는 말씀이나 섭섭한 내색을 하신 적이 한 번도 없었다. 어머니는 물론이고 딸들에게도 하나하나 외딸을 키우듯 항상 성심으로 배려해주셨다. 딸들이 답답한 일을 겪을 때마다 자상하게 이야기를 들어주시고 정답이 떠오르게 해주시던 아버지는 언제나 나의 귀인, 영원한 내편, 항상 포근한 피난처였다.

— 〈아버지의 시간에 살다〉 중에서

작가는 여섯 자매 중 맏이로 태어났다. 장자 상속으로 어느 집안에서나 아들 낳기가 필수였던 시절이었다. 그럼에도 아버지는 어른들의 간곡한 설득을 물리치고 가족들의 마음을 헤아렸고, 또 헌신하면서 단란한 가정을 꾸려왔다. 아들 낳지 못한 어머니나 딸들 또한 아버지 못지않은 애틋한 마음이 있었기에 가족들은 더욱 견고한 사랑 울타리를 칠 수 있었다. 출가외인으로 명절이면 늙으신 부모님을 돕지 못하는 안타까움은 인지상정이리라.

그러나 지금은 모두 둥지를 떠나서 명절을 같이 지내 줄 자식이 없는 것이다. 어머니는 여든이 넘도록 혼자 시장보고, 혼자 음식 장만을 하신다. 아버지께서 옆에 앉아 밤을 까주시고 둘이서 오순도순 옛말하며 차례 상을 준비하는 것도 남다른 재미라고 어머니는 말씀하시지만, 시댁 일에 치여 친정어머니를 전혀 돕지 못하는 내 마음이 죄인같이 송구스러울 뿐이다.

— 〈아들〉 중에서

어느 날, 우리 부모님에게도 흥분시키는 일이 일어났다. 미국에 사는 셋째아버지가 이북에 있는 고모와 조카들의 주소를 전해 온 것이다. 미국을 통한 편지 왕래로 오래 전에 돌아가신 할머니, 이듬해에 병으로 세상을 떴다는 둘째아버지의 소식을 알았고, 언젠가 큰아들이 고향에 오면 산소에 흙이라도 한줌 뿌리게 하라던 할머니의 유언도 전해 들었다. 〈중략〉

고향이란 태어나서 자란 곳이고 조상 때부터 대대로 살아온 곳이라 하지만, 우리네 그것은 정으로 얽혀 남다를 데가 있다. 나는 여태까지 아버지의 고향, 시골 땅을 내 고향으로 알고 그리워하였던 것이다. 그러나 그 고향은 항상 꿈같이 그림같이 희미하게 내 주위를 맴돌 뿐 한 번도 위로가 된 적이 없었다. 항상 그립고 가보고 싶고, 답답할 때 찾아가는 곳, 위로 받을 수 있는 곳—바로 내 부모님이야말로 나의 고향이었다. 어머니는 이산가족 찾기를 신청하신 지 오랜데 아직도 연락이 오기만을 기다린다. 생각 나실 때마다 내게 같이 동행해 줄 것을 재차 확인하신다. 통일이 되면 이북의 조카들에게 줄 옷가지며 살림살이를 10년이 넘도록 계속 방 한쪽에 모으신다. 나날이 그런 물건들이 쌓이는 것을 보면, 어머니의 고향이 멀어져 가는 세월이 야속하다.

— 〈어머니의 골방〉 결미

작가의 아버지는 13세에 가장이 된 이산가족이다. 고향과 핏 줄이 무엇이기에 그리 연연하게 될까. 당사자가 아니고서는 이 해할 수 없다. 매년 아버지의 생신날에는 고향 사람들에게 잔치 를 연다. 팔순이 넘은 분들의 마음은 벌써 통일이 되어 고향산 천을 이야기한다. 어머니는 언제 만나게 될지 모르는 북의 조카 들 얼굴을 한 번도 본 적이 없다. 그럼에도 그들에게 안겨줄 선 물을 사 모아서는 통일이 되면 당장 달려가실 기세다. "아니, 뭘 또 사셨어요?" "알 거 없다." "아유, 또 고향사람들 선물이군 요." 그때 가서 해도 좋을 일이라는 것을 모르는 바 아니기에 가끔은 자식들 보기에 계면쩍어 하신다.

중국에 다녀온 지 18년이 훌쩍 지나갔다. 그동안 편지 왕래하 던 친척들은 이미 유명을 달리하셨다. 통일이 되어 반드시 고향에 뼈를 묻어달라고 당부하셨던 아버지도 가셨다. 그분들은 국경선이 없는 저세상에서라도 모두 상봉을 하셨을까. 어느 날 갑자기 기적이 일어나서 통일의 그 날이 오는 꿈을 꾸어 본다. 명절에 어머니를 모시고 내가 그들의 산소에 흙이라도 뿌려드릴 날이 올 것이다. 꿈이라도 자꾸 꾸다 보면 현실로 변할지도 모르니까.

— 〈마음은 새가 되어〉 결미

다행히 미국에 거주하는 숙부를 통하여 북의 가족들과 편지 왕래를 하였다. 이산가족 면회가 이루어지기까지는 낙타가 바늘구멍 통과하듯 당사자들에게는 쉬운 일이 아니다. 편지 왕래 덕분에 제3국인 중국의 장진에서 아버지와 고모가 상봉하는 현장에 작가는 동참하였다.

그리고 숙부는 헤어진 지 50년 만에 병환 중의 형님을 뵙고 자녀들에게 한국의 정신을 보여주기 위해 미국에서 7명의 가족을 거느리고 모국을 방문하였다. 사촌들 간에 말이 잘 통하지는 않았지만 구미에 맞는 음식, 표정 등에서 같은 뿌리임을 느꼈다. 언제 다시 만날지 모르기에 더 애틋한 시간이었다.

"내 평생의 꿈을 이루어준 모두가 정말 고맙구나. 사실은 내 생전에 내 집 안방에서 모두가 이렇게 만날 날이 있을 줄 몰랐다."

아버지 말씀에 모두가 숙연해졌다. 보행도 어렵고 체중이 별로 남지 않으신 아버지의 초췌한 눈시울이 축축해지셨고 우리 또한 목이 멘다. 팔십 연세의 숙부님. 그리고 초면이었던 사촌들… 우리가 언제 다시 만날 수 있을까?

— 〈7일간의 만남〉 중에서

한 집안의 내력이 우리의 근세사를 보는 듯 또렷하다. 아름다움은 기쁘고 행복할 때만이 아니라 아픔과 안타까움 속에서도 꽃 필 수 있음을 보여준다. 아픈 가족사가 독자 자신에게 전이됨에도 혈육지간의 마음 씀씀이가 아름답다.

□ 줄탁동시啐啄同時

알에서 병아리가 부화하기 위해서는 병아리가 안에서 신호를 보내고 때맞추어 어미 닭이 껍질을 쪼아주어야 한다. 이 유전인자는 피에서 피로 가족이라는 공동체만이 이어갈 수 있다. 인공부화로 태어난 양계장 닭들의 시간표에는 이런 유전인자가 들어있지 않아서 알을 품지 않는다.

내 마음 한구석에는 살구나무가 자라고 있었다. 살구 철이면 무조건 살구를 사 오고 본다. 너무 시다고 식구들이 안 먹으면 설탕에 재워두고 나 혼자라도 먹는다. 살구와 함께 추억을 먹는 그 맛이 잠시나마 나를 태평스럽고 꿈 많던 어린 시절로 이끌어 준다. 〈중략〉

어머니는 여가에 채색화를 배우기 시작하여 한국화의 매력에 푸욱 빠지셨다. 팔순에 대장암으로 입원하시면서 30년 동안 개인전도 평생 못해봤구나 한숨을 쉬니 아버지는 병만 나으라고, 다 해준다 하셨다.

2년이 훌쩍 지나갔다. 인사동의 화랑에서 어머니는 채색화 개인전을 열었다. 전시회장에 들어서니 온통 꽃그림이다. 전면에 살구가 주렁주렁 매달린 살구나무 그림이 나를 잠깐이나마 서울 북촌 팔판동 한옥의 꽃밭으로 데려갔다. 어머니의 손끝에서 다시 살아난 살구나무 정원의 모습에 탄성이 나왔다. 몸은 아파트로 이사했어도 마음속에선 계속 꽃이 가득한 살구나무 정원을 가꿔 오신 것이 흠뻑 느껴졌다.

— 〈내 마음에 살구나무가 자란다〉 중에서

작가는 살구 철이 되면 꼭 살구를 산다. 어머니의 그림 전시회에서 만나는 어린 시절의 살구나무 정원. 어머니는 생의 주인공으로서, 작가에게는 유년시절의 꿈을 키우며 단란했던 가족사에 대한 추억과 향수 때문이리라. 가정이라는 이 울타리 안에서 건강한 유전인자가 만들어지고 전해지리라. 그래서 누구에게나 집은 있어도 가정다운 가정을 이루기는 가장 쉬우면서도 어려운 일이다.

결혼 후 이사를 그렇게 많이 했어도 꿈을 꾸면 내 집은 항상 팔판동 한옥, 친정집이니 이상도 하다. 결혼한 동생들도 그렇다고 한다. 어머니는 고향을 떠난 지 육십 년이 지났어도, 꿈속 집은 항상 함경도 바닷가 고향집이라고 하신다. 아버지는 아파트에서 20여 년을 살면서도 그전에 30여 년을 살았던 팔판동 한옥에 가끔씩 다녀오신다. 이삿짐은 몸을 따라오지만 추억이나 마음까지 이사를 하는 것은 아닌 듯하다. 집들이 행사로 딸네 새집에서 저녁을 먹었다. 남편은 덕담을 남기라는 나의 말에, 대답은 않고 한쪽 켠 벽에 걸린 칠판에다 그림을 그린다. 기어 다니는 아기 모습 같다. 집은 장만했으니 이젠 아기만 낳으면 되겠다는 뜻. 새로운 환경으로 이사하면서 인생의 진도도 같이 나가라는 것이란다.

— 〈이사〉 중에서

앞에서 보았듯 친정아버지 어머니는 이산가족이다. 일제강점기부터 6·25 전쟁을 거치면서 몇 번이나 생이별과 상봉을 거듭하였으니 그 이야기는 파란만장하다. 아버지가 9년 동안 작성한 육필노트와 서간 사진 등을 정리하고, 평소 어머니가 써두셨던 원고를 더하여 자서전『우리 언제 다시 만날 수 있을까』를 만들어 드린 적이 있다. 양성이씨의 역사책이 되었다.

옛이야기를 회고할 때면 청년처럼 생기 도는 시부에게도 원고를 쓰시게 하여『양지마을 이야기』자서전을 만들어 드렸다.

시모가 83세에 갑자기 뇌졸중으로 쓰러졌다. 집으로 모셔와 한 식구가 되었지만 거동불편과 우울증으로 지켜보는 이조차 마음고생이었다. 두 권의 자서전 제작에서 얻은 결론은 즐거운 추억 여행이 사람으로 하여금 살맛나게 만든다는 사실이었다. 반추한 추억을 받아 적는 과정에서 우울증은 해소되었고 표정도 밝아져 다른 사람이 된 듯하였다. 이리하여 자서전『다시 돌려보고 싶은 인생』이 탄생하였다.

거동이 불편한 시어른을 한 집에서 모시고 사는 일도 오늘날 보기 드문 일이지만 곰살맞게 이야기를 들어주고 끌어내 주는 마음씨는 효부상을 몇 번이라도 받아 마땅하리라.

좋은 수가 없을까. 즐거웠던 추억으로 생각을 바꿔드리면 자존감에 도움이 될까. 그래서 틈만 생기면 어머니께서 수재로 손꼽히던 개성 호수돈여고보 시절, 칭찬받던 새댁, 육아와 육이오동란

역사 등에 대해 여쭤보았다. 이야기가 막히면 앨범에서 옛날 사진을 보여드리고 설명을 열심히 받아 적었다. 그렇게 엮은 『다시 돌려보고 싶은 인생』 이 어머님 회고록이다. "이제 나도 책이 생겼구나."라시며 침대 머리맡에 두었고, 어느새 우울증도 날아갔다. 특히 200여 명의 손님을 맞으셨던 회갑연과 태국 여행 다녀왔던 사진을 흐뭇해 하셨다. 즐거운 추억이 큰 보물처럼 책에 담겨있다.

— 〈1인 출판사를 차렸습니다〉 중에서

이렇게 해서 아이 셋을 키웠다. 내가 뭔가 새롭게 일을 벌이려고 할 때마다 매번 아이를 보내주시니 나의 꿈인 학업이나 사업을 이루지 못해 마음이 짜르르 했다. 어찌 보면 인간사가 신의 손바닥 안에 있는 것을 나 혼자만 모르고 전전긍긍 살았나보다. 너무 일찍 시집보냈다고 부모님께 불평을 해보지만, 그래서 뭐가 문제냐고 도리어 물음표를 찍으시니 나는 '꿀 먹은 벙어리'가 된다. 인생경험도 없이 어리바리했던 나 또한 맨땅에 헤딩일 망정 생활고와 육아를 해결하려고 두 주먹을 불끈 쥐고 살면서 인내심도 생겼고, 시야가 넓어졌고, 여러모로 생각도 깊어진 것도 사실이다. 10달러 한 장으로 시작했어도 인생이란 마라톤이고, 각자가 주인공이다.

— 〈10달러 지폐 한 장〉 중에서

남편이 먼저 유학을 떠나고 뒤이어 저자도 미국 땅을 밟았다. 외화가 귀했던 시절 구두 밑창에 숨겨간 10달러가 전 재산이었다. 그렇게 낯 설고 물 선 곳에서 의지할 데라곤 없는 이국생활이었다. 〈오지랖이 몇 폭이십니까〉에서 보여주듯 작가는 대가족 생활에서 몸에 밴 관심과 자발적 편의 제공이 그리웠다. 관심 가져주는 사람을 괴롭히는 사람으로 여기는 오늘의 세태를 벌써 이국생활에서 경험했음에도 오지랖 의식이 발동한다. 뇌졸중 시모의 병실을 방문해서는 이웃 침대의 환자를 위로하고 빠른 쾌유의 기도를 한다. 참견과 훈수가 좋으면 관심, 싫으면 오지랖이란다. 그 한 끗 차이를 알면서도 오지랖을 거두지 못하는 것은 성장환경에서 오는 인성이리라.

나는 요술주걱은 없지만 주걱을 잡은 지는 수십 년이 흘렀다. 밥이 끓고 뜸 들여질 때 풍겨오는 구수한 향기는 언제나 나를 행복하게 한다. 밥을 풀 때마다 식구들 기도가 나온다. 내 주걱으로 떠주는 밥을 맛있게 먹고 무럭무럭 성장해준 식구들이 대견하다. 내 주걱은 옛날과 다름없지만, 한편으로는 그 주걱으로 퍼준 밥을 먹은 아기들이 어른으로 커져 자기들도 아이들을 키우고 있으니, 그것이 요술인 것 같기도 하다. 뜨거운 밥을 먹으려고 주걱을 든 손이 바빠진다.　　　　　　　　　 ― 〈요술주걱〉 결미가문은 남자의 성으로 이어가지만 진정한 주인은 여자가 아닐까. 가족을 살리고, 집안을 일으키는 사람은 결국 살림하는 사람이다. 살림하는 사람이 일상적으로 쓰는 도구가 주걱이다. 주걱 든 손이 가족을 살린다.

□ 풋울음, 격물치지格物致知

에리히 프롬은 인간 삶을 소유 지향적 태도와 존재 지향적 태도로 구분했다.

소유 지향적 삶을 사는 사람은 타인으로부터 인정받고, 남보다 비교우위에 섰을 때 보람과 성취의 기쁨을 느낀다. 그러나 존재 지향적 삶을 사는 사람은 소유나 성취의 결과에 연연하지 않는다. 성취감이나 행복을 남과의 비교우위에 두는 것이 아니라, 나날이 자아완성을 향하여 변화되어 가는 자신을 추구하는 데 둔다. 크로노스의 삶이 아니라 카이로스의 삶에 충실하는 것이다.

글을 읽어가면서 작가는 에리히 프롬이 말하는 존재 지향적 삶의 실천자라는 사실에 주목하게 된다. 그럼 그의 삶을 관통하는 존재 지향적 삶의 태도는 어디에서 연유하는가.

유기 중 징을 만드는 난이도가 가장 높다. 징이 악기로서의 존재가치를 처음으로 인정받는 게 '풋울음'이다. 수많은 망치질과 담금질, 울음을 다듬는 지난한 과정을 거쳐야 한다. 어느 징과도 같을 수 없는 그 징만의 고유한 '풋울음'을 찾아내야 한다. 그것은 보편적인 징소리이자, 그 징만이 가질 수 있는 영성을 갖추어야 한다.

그 풋울음은 작가 자신과 내밀하게 소통하는 창이자 세상으로 나아가는 통로이다. 그 진정성이 산새에게 닿았으리라.

그러다가 중턱에 다다르니 뻐꾹새 소리가 다시 들리기 시작했다. 반가움으로 곧 응답을 했다. 그런데 소리가 자꾸만 가까워지고 있다. 새는 리듬을 잃지 않고 내 소리에 화답하고 있다. 내가 장난기가 동하여 소리를 두 번씩 내다가 다섯 번으로 바꾸니 자기도 나를 따라 다섯 번으로 바꾸는 것이다. 다시 바꾸면 또 따라 한다. 세상에! 이렇게 마음이 잘 통하는 새는 처음 본다. 이제는 누가 메아리인지 모르겠다. 우연이라면 참 재미있는 우연이라 나는 왠지 모르게 가슴이 또 쿵쿵 뛰었다.

뻐꾸기의 화답에 가파른 산길도 힘든 줄 모르고 어느새 산정까지 거의 올라왔다. 그런데 새소리가 너무 가깝다고 느낀 순간, "푸드득" 소리와 함께 바로 위 나뭇가지가 심하게 흔들렸다.

― 〈내 가슴이 뛴다〉 중에서

그 뻐꾸기는 짝을 찾아 소리를 주거니 받거니 호흡을 맞추었을 텐데 뻐꾸기의 실망은 당연한 것이었으리라. 뻐꾸기에겐 자신이 덩치만 큰 괴물로 여겨져 쥐구멍에라도 숨고 싶었다고 술회한다. 교감이 어디서 오는지 독자들은 능히 이해하리라.

아기가 쉴 새 없이 먹어대고 기저귀 갈라고 하지만 울어도 싸도 그저 예쁘기만 하다. 세상에서도 누구를 그렇게 대가 없이 사랑한다면 이 세상이 얼마나 화기애애하게 달라질 것인가. 부모와 자식 간의 관계는 이렇게 무조건 사랑하고 먹여주고 모든 걸 해결받는 관계로 시작하여 일생을 내리사랑으로 지내게 되나 보다. 이렇게 하여 새로운 세대가 시작이다. 첫 손주는 우리 모두의 "호칭"을 업그레이드시켜 주었다. 나는 할머니가 되었고 유치원생 막내조카는 졸지에 아줌마가 되었다. 호칭이 달라지니 새로운 마음으로 더 열심히 살아가야겠다는 각오가 생긴다. 새로 부모가 된 딸네는 그 이상일 것이다. 항상 기쁨을 주는 사람으로 키우기를 기대해본다. 눈을 감든 뜨든 아기만 눈앞에 아른거린다. 좀 전에만 해도 여행지 동유럽의 유채꽃이, 호박보석이, 그리고 바로 크식 궁전이 아른거렸었는데…….

— 〈생명의 소리〉 중에서

아이가 탄생하고 나이가 들면서 늙어가는 것은 피할 수 없는 순환의 과정이다. 새생명에 대한 무조건적 사랑, 보고 또 보아도, 똥을 싸도 귀엽기만 한 존재, 그렇게 받은 사랑을 부모에게 되돌리는 것이 가장 이상적이 가족관계일 것이다. 음식 앞에서 어머님께 절제를 강요하는 심의가 되어야 할지, 음식을 드시면서 행복해 하시는 모습에 흐뭇해 하는 식의가 되어야 할지 자식으로서의 고심이 그려진다.

노인들 자신은 절제하면서 재미없게 오래 살아봐야 뭐하겠느냐 한다. 오늘도 어머님은 과식을 하셨고 운동은 거의 안 하셨다. 그리고는 몸이 계속 무겁다고 하면서, 당신 건강이 왜 이리 안 좋은지 모르겠다고 한숨을 뱉는다. 내 마음도 덩달아 무겁다. 이럴 때는 어머니를 아기 달래듯 하며 팔을 부축하여 걷는 운동을 해본다. 나는 하루에도 몇 번씩 심의(心醫)였다가 식의(食醫)였다가 한다. 현실과 이상 사이에서 서성대는 것은 효의 미학인지 갈등인지 알 수 없다.

― 〈갈등의 미학〉 중에서

□ 나가며

열흘 만에 퇴원해보니 남편은 앞치마를 둘렀고, 어머니 방이 비어있었고, 아이 셋은 착한 도우미가 되어 기다리고 있었다. 나는 졸지에 무수리에서 왕후마마로 등극되어 있었다. 반란의 고통은 컸지만 나의 세상은 확실하게 바뀌었다. 드디어 평화가 찾아왔다. 나는 이제 가끔씩 '반란'이라는 핸드백을 끼고 외출하고 싶다.

— 〈반란〉 결미

파격이 예술세계에서 빼놓을 수 없듯이 삶에서 일탈은 인생의 의미를 확실하게 보여준다. 자신이 자리를 지키지 않으면 집안이 제대로 굴러가지 못할 것 같아 노심초사했다. 척추 수술 후 퇴원하였을 때 그 염려는 기우였다. 반란을 꿈꾸지만 그것은 어디까지나 꿈. 결국 인생은 내가 원해서 같은 쳇바퀴를 굴리는 것이리라. 깨몽이란 단어가 우리말 사전에 하나 더해지겠다.

"피고는 보디가드와 그림자 인생을 졸업하고, 데칼코마니 인생을 살도록 해라." 심판관이 선고를 끝내고 탕탕탕 두드리는 소리에 피고와 원고인 나는 흥분해서 벌떡 일어났다. "아! 여태껏 살던 거와 반대로 살면 되겠네." 이런 소리가 아스라이 지나간다.

그런데 순간 들려오는 귀에 익은 목소리. "여보, 자기 어디 있어. 나 좀 도와줘."

순간 꿈에서 깼다. 남편이 여보를 부르고 있다. 깨몽한 뒤라 순간 망설였다. '보디가드' 인생 팻말을 들고 나갈까, '도움은 셀프입니다' 하면서 자유 독립 팻말을 들고 나갈까. 침을 꼴깍 삼킨다.

— 〈나를 고발한다〉 중에서

그날 밤, 물병을 씻다가 내 자신도 거꾸로 들여다보며 내 마음을 기울여 보았다. 어머니의 가르침대로 그저 남편의 삶만 쳐다보면서 바늘을 따라다니는 실같이 살았으니 현대여성은 아니었다. 내 감정은 그냥 묻어두어도 괜찮았다. 남은 생은 다른 색깔로 다양하게 살아보길 꿈꾼다.

오늘도 무더운 날씨라 냉수를 두 병이나 배낭에 넣었다. 혹시 아이스케이크 장사도 올까 해서 지갑도 챙겨 넣었다. 호의가 또 다른 호의를 부른다. 내 마음의 지갑을 거꾸로 기울여 누군가를 도와주는 날이 될지도 모르니….

— 〈거꾸로 기울여보다〉 중에서

이예경 작가가 추구하는 삶과 문학은 끊임없는 담금질의 과정에 있다. 맑은 영성으로 일탈을 꿈꾸는 일도 풋울음을 위한 것이요, 보디가드 인생도 그림자 인생도 어제와 오늘도 그 맥이 닿아 있다. 호의가 호의를 부르는 순기능을 꿈꾼다.

이 작가를 대할 때면 곱게 익어가고 있음을 느끼곤 한다. 그 비결이 나날이 풋울음을 깨워가는 담금질에 있었음을 깨닫는다. 작가는 문학과 삶이 일치하는 당찬 인생을 살고 있다.

이예경 사백의 수필집 ≪거꾸로 기울여보다≫ 상재를 마음 모아 축하드리면서 설레는 마음으로 다음 작품집을 기대한다.

이예경 수필집

거꾸로
기울여보다